山那边

尚焕焕 / 著

山西出版传媒集团
三晋出版社

長乂高山

祝賀尚俟俟《山郭边》出版
巳亥年春日北山谷溪書

曹谷溪先生题词

作者参加2019民营企业家座谈会

作者与新华社高级记者、中红网总编辑
江山老师合影

作者参加第二届中国新媒体发展年会合影留念

自 序
ZIXU

　　活着，不能只为活着；活着，就要让人生充满色彩。

　　时间匆匆，站在整个生命的长河中，回眸张望，或许十年、二十年如白驹过隙，但当下的一年二载有时又沉重得难以翻篇，"我"大概就是从我的过去而来，又继续着那些甘心或者不情愿的过去向未来而去，想按个暂停、叫声稍息，都只是痴人说梦，那么就带着过往一起上路，一边消化一边充实。

　　我有时就难免想：出书干什么？这样一想，不禁问自己：这到底是一本什么样的书？不过评价这是一本什么书还是交给读者吧，我只能说这不是一本什么书。

　　这不是一本为出版而写的书。这本书里的所有文字都是我近几年有感而发的各种题材的散文，没有一篇发表过，也未曾想过发表，正因未曾想过要发表，所以不是发表体，似乎恰巧成全了我手写我心：没有想过写得如何漂亮，没有想过非要用什么体例，没有煞有介事，没有想过取悦或惹恼谁，也没有想过粉饰或掩盖什么——怎么想就怎么写。可以说，这里的文字真实记录了我的生活和思想动态。

因为想表达，表达的欲望就是写作的动力。没人逼着我写，也就没有"挤"的痛苦，每一篇都是在我感到不能不写、恰好能写的时候写出来的，每一篇都写得非常快乐、非常享受，完全是我的思绪在键盘上自然流淌出来的。既无通宵达旦之苦，亦无批阅增删之劳。

这本书的出版要感谢红色收藏家郝宏武老师，是在他的热心提议下我才决定把我写的散文整理成书；要感谢我的搭档张淑芳，给了我创作的灵感；更要感谢军品大王李长东的引荐，让我结识了曹谷溪老师并为本书题词，甚是感激；最后要感谢山西应用科技学院何艳君老师给予的大力支持，使这本书最终能和读者见面。我很难对自己乃至读者说一堆豪言壮语，只是内心一直觉得有一股力量拉着自己前行。

到垂暮之年，回望一生，我希望那是虽有缺憾却无悔的一生。

山那边

目 录
MULU

山那边

目
录

山那边

山那边

　　小时候，我常站在村口痴想：山那边是什么呢？从小这就成了我的向往和困惑。但是我坚信，只要不停地翻越过那无数座山，百折不挠地坚定奋斗，一定会看到山那边的秘密。

　　因为有山的阻隔，因为有向往的困惑，因为有梦想的存在，我一直在奋勇地拼搏。山那边是什么？已成为一个美丽的传说，她变得神秘而又莫测。

　　山的这一边，最鼎盛时有二十几户人家。当黎明还未唤醒沉睡的大地，疲倦的太阳还慵懒而娇气地躲在幢幢黑云背后的时候，人们便纷纷穿衣起床，爬过那高高的山坡，在自家的田埂上开始了一天的劳作。

山的这一边，地里的身影沐浴着朝霞的光辉，佝偻着腰，面朝贫瘠荒芜的黄土，背向苍茫而缥缈的天空。在黄土地里用汗水与勤劳尽情地挥洒着生命的热忱，整整一年的收成和全家人的生计就指望着那一双双干如枯槁的手，粗糙而苍老。而人则被岁月烘干着，像落叶，像一条被饥渴土壤用力吮吸后枯竭的河流。透过晨光你可以清晰地看到他的身体，突兀显现的筋骨、微弱颤动的脉搏和色泽暗淡的肌肤，这就是山的这边的一个普通农民的真实写照。

山这边的父辈们，靠着那双粗糙的双手，守着一方水土，紧握一把锄头，赶着一头年迈的老黄牛，为儿女们托起了一方梦想的天空。

黄昏，院子里的老槐树下，妇女们围在一起聊着家长里短。男人们，吆喝着牛羊扛着锄头回到家。日子，在男人脚下的泥土地里和女人们的一言一语中度过。村里的人朴实大方，村里的姑娘不但长得美丽而且挺会唱歌。歌声在山谷中荡漾，会穿透你的心房。

老树上的鸟巢，安静地听着生命的旋律，脚下的路，依旧是旧泥土，一阵风过后，尘土迷了人们的眼。不知道从什么时候开始，年轻人步行过十几里地坐着面包车飞驰而去，或是想赶紧逃离这落后的小山村，接受大城市的新事物，谋求出路。也只有老人，即使被孩子们接到大城市住一段时间，还是会迫切地从都市回到这乡村，拄着拐杖，看着老树上的鸟巢，好久好久……似乎在回忆着他们的童年和青春，脸上的恬静连皱纹都难以掩饰。

天色渐晚，已看不到屋顶的炊烟，不时能听到几声犬叫和山林里传来的各种鸟叫声。农家人的生活，简单而又朴素，日出而作，

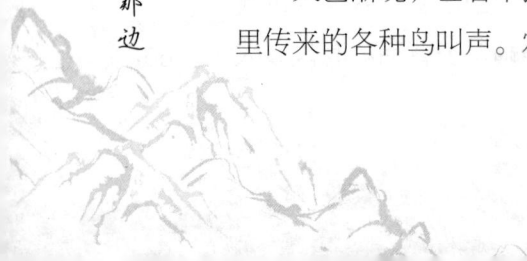

日落而息。

　　山的轮廓一直延伸到远方，我曾为了看到山的尽头和山那边的神秘而爬过一座又一座高山，但我始终没有看到山那边的神秘，看到的只是无穷无尽的山。或许，儿时的我眼界太过于狭小吧！仅凭两条腿是无论如何也走不过山的尽头的。月亮拉着星星的手，拨开轻云，来看夜里的山村。屋子里的灯透过窗，在院子里晕出一片暖色的海，清风吹来，院落里的老槐树在黄色的灯光里左右摇曳。窗子的灯渐渐熄灭，犬吠声停，花也入眠，一切又进入了安静。在梦中，人们看到地里丰收的庄稼。明天，又是新的一天。

　　多年后的春天，我带着全村人的使命，带着美丽的理想，带着远征的行装，走过了阳光，走过了树林。终于穿过无数艰难险阻，靠着坚定的信念，到达了山的那边。瞧，多好的风景！人生旅途中，一步步走过，走过多少路程仅自己知道；一步步走过，走过几种荆棘，也只有自己清楚；一步步走过，得到过多少，失去过什么，清楚明白的也只有自己。也许还会有荒漠沼泽，也许还会有雨雪风霜，当我怀着这样的感慨来看山那边的风景时，我看见，山明水秀，如花似锦。也许费去太多的时光，也许用尽了所有的力量，成功的领奖台已被先行者站上，可是，一种品质有时会比一种成功更辉煌。

山那边

感恩父母心

　　落叶在空中盘旋，谱写着一曲感恩的乐章，那是大树对滋养它大地的感恩；白云在蔚蓝的天空中飘荡，描绘着那一幅幅感人的画面，那是白云对哺育它的蓝天的感恩。因为感恩才会有这个多彩的社会；因为感恩才会有真挚的友情；因为感恩才让我们懂得了生命的真谛。

——题记

山那边

俗话说："滴水之恩，当涌泉相报。"更何况父母，为你付出的不仅仅是"一滴水"，而是一片汪洋大海。而今父母年事已高，我们兄妹四人能做的就是回家多陪陪他们，今年，二姐、哥哥提议回家给父母建个堂子（即讲究的墓穴，在农村，这也算是对父母的一份孝心）。大姐虽然有病在身，但是还是想回去陪着我们，就算什么活也不干，坐在那里父母也是开心的。这次也是我们全家人真正意义上的大团聚，而且待在一起的时间比较久，也让我真正意义上体会了父母、兄弟姐妹在一起的那种温暖。因为从小异地求学，姐姐哥哥们又都比我大很多，所以我们见面的机会很少。这次既是给父母尽孝心，又是重温儿时的梦，去体会、去报答父母的养育之恩。

这次回家，就是干活的，每个人都带了干活的衣服，回家来不及休息就上山干活了。这里的山都是车无法直接到达的，山坡陡峭的程度要接近90度，就算你花钱雇人都没有人愿意干。

这次回家，让我触动最深的是，大家都拼命地干活，大侄子以前那么不懂事，这次却是我们这个家庭工程队的主力军。姐夫是我们的工程师，其他人都是工程师的助理，而我和二姐主要负责填土，那么大的坑，我们一铁锹一铁锹地填满。说实话，我们都算是农村出身，可是这么重的活还真的没有干过，加之已经很多年没有干过农活了，不只是累，感觉胳膊腿都不是自己的了，手上的水泡已经没有人会把它当回事了。可是大家却出奇地统一，没有一个人喊累。大家的心里都明白，这么多年都在外漂泊，这也许就是我们现在唯一能回报父母的吧！所有人都是那么默契。

即使再累，大家依然相处得其乐融融。从我自己讲，这是一种久违的快乐，一家人在一起，一边干活，一边聊天、开玩笑，看到重活抢着干，我的心里真的很甜蜜，甜蜜到根本不知道累是什么。

感恩父母心

虽然回去做饭的时候才感觉自己的腰都弯不下去，弯下去又半天直不起来，可是看到那么多人都等着吃饭，我还是坚持和二姐一起做饭，让大家都能吃饱饭继续干活。

最后一天，因为大家都有工作和生意要做，不得不这天返程。为了把这件事干得漂亮，让父母高兴，大家更是拼命地干活，虽然比前几天更累，却更加卖力气。就在快要完工的时候，天公不作美，下雨了，而且越下越大。我们依然冒雨干活，没有人要走。哥哥心疼我们，让我们都回去吃饭休息，等雨停了再说，可是我们都清楚，今天我们就要各奔东西了，一定要把活干完。哥哥觉得身体重要，怕我们都感冒了，执意让我们停工回家。临走时，大家都被大雨淋透了，但我们都很开心，因为我们彼此都心疼着对方，心里暖暖的。

亲情，往往是那个沁润心底的温暖源泉。

爱让这个世界不停旋转。怀着一颗感恩的心，去看待社会，看待父母，看待亲朋，你将会发现自己是多么快乐。放开你的胸怀，让霏霏细雨洗刷你心灵的污染。学会感恩，因为这会使这个世界更加美好，使生活更加充实，使你自己变得更加善良……

感叹岁月的流逝

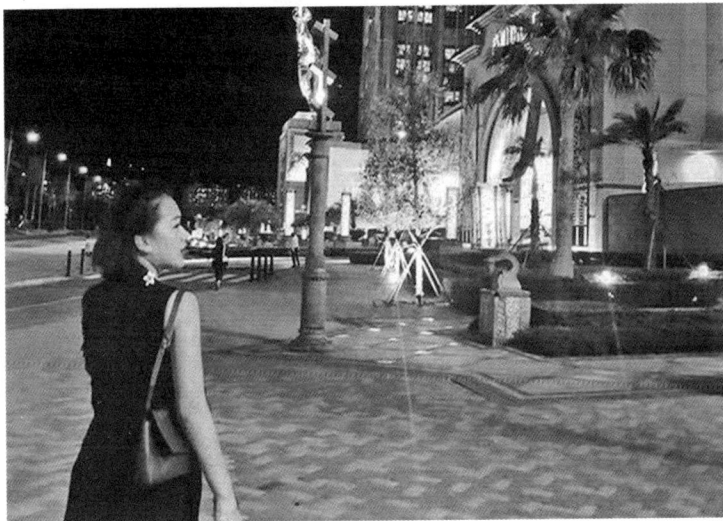

　　日月如梭，轻松地穿越你我。记得那是一个无比寒冷的冬天，那是我从广州回来的第十天。此时的我有些迷惘，有些无奈，为了明天，不得不走入自己为自己布置的棋局。我一定要赢，就像儿时的自己敢口吐狂言"成为一名作家"一样。

　　儿时的作家梦随着日渐长大的自己，慢慢地变得模糊、朦胧。毕竟那只是一个梦。年少的我曾经有过不止一个梦，从绿色的军装梦到伟大的园丁梦，还有那飘飘然的白衣天使梦！这些都是梦，梦永远只是一种虚幻，一种精神上的慰藉，只能由自己慢慢地编织，正如曾经的自己只相信世上唯我第一。

第一次真正面对世界，面对自己，才发现自己只是一只"井底之蛙"，小得让世人不屑一顾。于是，流泪了，笑自己的痴，笑自己的傻，笑自己的无知，笑自己的年少轻狂。

时钟一刻不停地走着，为生命中的每一天计时。一年又一年，一天又一天，时间的步伐越走越快，父母的步履却日渐缓慢，而现在的自己与日月同行却不断地感叹：是否为易逝的年华？是否为脚下匆匆的步履？是否为自己的执着？

此时迷惘，此时彷徨，只为了要脱离童年大笑大叫的生活，面对人生，去勇敢地步入命运的坦途。

好久没有天晴了。就像夏季盼望下雨一样，此时的自己，好希望天空能够阳光照晒这已被岁月淋湿的心。儿时的笑，儿时的闹，儿时在家人旁的撒娇，在自己心中留下永恒的底片，虽说它没有颜色，虽说那已经是很久很久以前的事了！

但那毕竟是永恒的童心。

有时真想"昏睡百年"，无奈梦不会成为现实，只是泪空弹。内心一片湛蓝，蓝得透明，像风又像湖水。哭时无泪，哭时无声，真希望大自然能够把我淹没，就像一滴水注入大海。二十几年才发现自己的价值，长大的我为什么不能为家人分忧解愁？自己什么也不明了……

好似一团乱麻，扯不开，拉不断，理不清，终究还是乱。

找一方空地铺满欢笑，把心语倾诉给星星，让它为我分忧解愁。与风为伴，笑里花落知多少。只需要一点爱让未泯的童心复燃。于是，找到一个理想的空间，折一万只纸鹤送上蓝天，给银河两岸的牛郎织女搭建一座心灵的桥。

愿梦里的雨丝，一头牵着我，一头系着家。

而现在，我已经有了自己的生活，这一切似乎成了永远的梦，再也无法变为现实了！有的只是感叹，只是内心深处一份永远的内疚！

岁月，流失得好快，那个寒冷的冬天的记忆已过去了，剩下的是凉爽的秋天，但是在又一个寒冷的冬天到来的时候，这些思绪已随着岁月慢慢地飘走了！再也不会回来了！

感叹岁月的流逝

邻家奶奶的小脚

中国女人的小脚和男人的辫子，被称为中国最大的陋习。男人留辫子是清朝的事，女人裹小脚却由来已久。据记载，女人裹小脚始于南唐，宋朝时风靡民间。唐朝诗人杜牧曾在诗中赞美女子的纤足："钿尺裁量减四分，纤纤玉笋裹轻云。"

我懂事的时候，邻家奶奶已经六十几岁了。一双裹得很小的脚，也算是那个年代的一道风景了。也正是因为她的这双小脚，嫁进了村里数一数二的好人家，据说邻家奶奶的婆家算是那时候的地主吧，粮食万担，说的就是他们。总之，记得我们都吃不上玉米馒头的时候，人家都吃上了白面馒头，那差距让我很小的时候就喜欢往他们家跑，即使吃不到，看看也能解解馋。

邻家奶奶的这双小脚让她过上了和我们不一样的生活。但是每天看着邻家奶奶小心翼翼挪着她的小步子，颤颤巍巍的，像鸭子似的一摇一摆的样子，我总是担心她会不会摔倒，总想跑过去扶她上下坡，但是邻家奶奶总是摆摆手，我也从来没有看到她摔倒过。

邻家奶奶家的窑洞很大很深，是村里最大的一间窑洞，她家的炕可以同时睡二十个人。所以我们小时候总喜欢去她家玩，玩得无聊的时候总喜欢问邻家奶奶关于她的小脚的故事。但是邻家奶奶似乎觉得我们只是孩童之言，压根也没有认真回答过我们这个问题。只是简单地说那个时候都是这样，只有小脚才能嫁个好人家。我们似懂非懂，也许那时候的小脚堪比现在的颜值，一双小脚可以改变一个女人的一生。

后来我知道了缠足约从四五岁开始，讲究的人家一般挑农历八月二十四日这天给女孩裹小脚。缠时先将脚拇趾以外的四趾屈于足底，用白棉布条裹紧，因其涩而不易松。等脚型固定后，穿上"尖头鞋"，白天家人扶着行走，以活动血液，夜间将裹脚布用线密缝，防止松脱。到了七八岁时，再将趾骨弯曲，用裹脚布捆牢密缝，以后日复一日地加紧束缚，使脚变形，行走起来，一步三摇。缠到"小""瘦""尖""弯""香""软""正"，才算大功告成。

这时我仿佛看到四五岁时的邻家奶奶，被大人扶着墙根，一步一步地挪动着，脸上的表情痛苦不堪，心中不由得寒噤起来。那是一个男权的社会，是女子受压迫和摧残的年代，男性的扭曲审美观导致许多女性脚部畸形。我看着这"三寸金莲"，一点美的感觉也

没有，反而觉得很丑陋，也不健康。或许在古代男人眼中，缠足女子都是楚楚可怜的，是淑女。突然觉得自己很幸运生在现代社会。邻家奶奶那一辈的女人，大多没有名字。在娘家只有小名，叫什么香啊、臭啊、兰啊、花啊。出嫁了呢，就嫁鸡随鸡嫁狗随狗，如果姓刘，婆家姓王，那就是王刘氏。

年幼的我总也不明白裹脚跟嫁人之间有什么必然的联系。而邻家奶奶在与我们唠叨这些话时，那语气平淡得如同在说着一个毫不相干的人和事，脸上飘着微笑，如同在讲一个遥远而耐人回味的故事。

花开花落，岁月如歌，白驹过隙，恍如昨日。点点滴滴恰似一条长长的河，时光流逝，留下了些许回忆。而今，邻家奶奶已远去，留下的是那一间永远沉寂在那个山村的古老的大窑洞，也为那个特殊的年代画上了完美的句号。从此，那个村落里再也没有了"小脚奶奶"。

母亲，岁月的印证

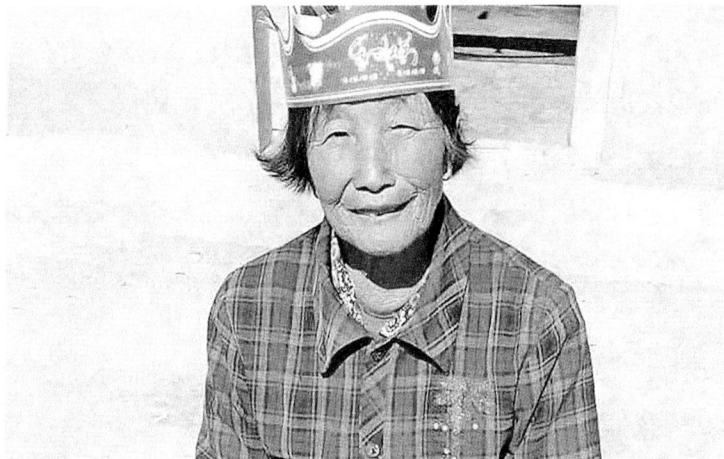

  年幼的时候，对母亲只是一种依赖。只有当生命的太阳走向正午，人生有了春也开始了夏的时候，对母亲才有了深刻的理解。突然感悟，母亲其实就是一种岁月，印证着我们从嗷嗷待哺到身为人母，这就是一种岁月，一种由母亲印证的岁月。

  岁月在一天天中流逝，当我们也从一角尾纹、一缕白发、一声絮叨中感受母亲额头的皱纹、满头白发、不屑母亲絮叨的时候，我们有时竟难以分辨：老了的，究竟是我们自己？还是我们的母亲？又或许是我们的岁月？

岁月的流逝是无情的，当我们有所感觉时，一定是在非常沉重的回忆中；而对母亲的牺牲真正有所体会时，我们也一定进入了付出和牺牲的年龄。

有时我在想，作为母亲，仅仅是养育了我们吗？倘若没有母亲的付出，母亲的牺牲，母亲巨大无私的爱，这个世界还会有温暖，有阳光，有沉甸甸的爱吗？

我们终于长大了，从一个男孩变成男人；从一个女孩变成母亲。当我们自以为肩头挑起责任，也挑起命运的时候，我们却突然发现，白发苍苍的母亲正以一种充满无限怜爱、无限关怀、无限牵挂的目光从背后注视着我们。刹那间感到，在母亲的眼里，我们其实永远没有摆脱婴儿的感觉，我们永远是母亲怀里那个不懂事的孩子。

往往是在回首片刻，在远行之前，在离别之中，在病痛之时，蓦然发现我们从未离开过母亲的视线，从未离开过母亲的牵挂。"谁言寸草心，报得三春晖。"我总在想，我们又能回报母亲什么呢？好像唯一能回报母亲的就是过好自己的人生，不要让年迈的母亲再为我们牵肠挂肚。

母亲其实就是一种岁月的印证，一种让我们成长的印证。无论是个人的也许平庸、也许单纯的人生体验，还是整个社会前进给我们的教诲和印证，在绝无平坦而言的人生旅途上，担负最多痛苦、背负最多压力、咽下最多泪水，但仍以爱、以温情、以慈悲、以善良、以微笑对着我们的，只有母亲，永远的母亲！

没有母亲，生命将是一团漆黑。那是在我认为生命最艰难的时刻，面对打击，面对失落，面对所有人的不理解和瞧不起，我以为我完全失去了。可就在那一刻，是母亲的一句话，让我重拾信心，重新启程。

　　曾经看着我每天愁眉苦脸的样子的时候，母亲说："该知足了！日子还长！"于是我便理解了，为什么这么多哲人志士，将伤痕累累的民族视为母亲，将滔滔不绝的江河视为母亲，将广阔无垠的大地视为母亲。

　　因为能承受的，母亲都承受了；该付出的，母亲都付出了。而作为一位母亲，既是民族的象征，也是爱的象征。

　　也许因为我无法回报流淌的岁月所赐予我的，无法回报我的母亲所赐予我的，所以，我无时无刻不在忏悔自己愧对母亲。在我的眼里，母亲是一种永远值得洒泪感怀的岁月印证，是一篇总也读不完的美好故事，是一个永远只懂付出，不要回报的无私角色。

母亲，岁月的印证

深秋，乡愁归来

浮云散，明月照人来，团圆美满今朝醉……

今夜月明，一心思乡情切。一瓢汾河水，穿越梦魂，夹带着湿漉漉的思乡情而来。

太行隐隐，千里云峰千里情，汾河悠悠，万缕烟波万缕愁。山长水远，皓月当空，祥云瑞彩遮住我北望的眼睛。

旧的乡愁未解，新的乡思已至，牢牢地长在月宫那棵桂树下，任我热切地凝视着她，她却只是冷冷地回望着我，任由我的泪潸然而下。

有泪无言空对月,何人为我写乡愁?月下独自来徘徊,那是孤影我一人啊……

遥望青山,青山亦堆满了乡愁。抬头看月,我走,月亮也走,只不知那一轮皓月,魂魄该神归何处?能捎带上我那缕乡魂吗?一同回到梦里的山村,看一眼日渐苍老的爹妈。

不知故乡山村的风景今天如何?可曾还有绿树成荫?可曾还有细水长流?可曾还有孩童在村边嬉戏打闹?

儿时的中秋是在圆圆的月亮下手里拿着妈妈烙的月饼,怀里揣着妈妈蒸的馒头,与小伙伴们围成一圈,比试着,啃食着。那个味道,至今回味。

长大了,远离了那方水土,于是就将故土压缩成了一个行囊,背在我的心上。每到中秋,就会将那个行囊从心上卸下来,拿到月亮下面晾晒,于是,晒出了整个世界的乡思来。

这一切的一切就组成了我心坎上的这个行囊,今夜我把它们一一捡出,晾在这夜的清凉里,向朋友讨来红酒一杯,浅斟低酌,为解那撩人的乡愁。

满腹的乡愁待酒浇,风又飘飘,月也绵绵;一缕乡思梦魂断,何日归家洗旧衣呢?何时方能旧梦重温……

无心再赏月,只能将重门深掩,浅醉闲眠。不敢拉开幕帘,怕听寒蝉的鸣叫,怕看月光穿户而入。想将乡愁凝成文字,提笔无由,任那清泪洒纸笺。

思念的梦儿太深,盛梦的筐儿太浅,岂能盛得下我那满满的乡愁?

为人母，知母恩

　　我慢慢地、慢慢地了解到，所谓父女母子一场，只不过意味着，你和他的缘分就是今生今世不断地在目送他的背影渐行渐远。你站立在小路的这一端，看着他逐渐消失在小路转弯的地方，而且，他用背影默默告诉你：不必追。

——龙应台《目送》

确实，母爱终究是一场渐行渐远的目送。

清晰地记得，2009年5月18日在经历了38天的保胎住院后，在家

山那边

人和医护人员的精心照顾下，生下了双胞胎儿子。我很荣幸地成为一名母亲。也看过很多关于母亲的书，也听说过很多关于母亲的故事。而这一次真真切切地体会了什么是母亲。

正在我沉浸在初为人母的喜悦中时，突然发现母亲因为在医院伺候我，脸色苍老了很多，身体也大不如前了。母亲在我病床旁支起的小床上整晚整晚地坐着睡不着，总是看着我，怕我哪里不舒服。在我心情还不错的时候，母亲总会聊起我出生时候的情形，她有些兴奋，眼里发着光。我说听到孩子第一声哭声，在手术台上哭了。她说，所以只有等你自己亲身经历了，才能懂得为人母的心情。

是啊！剖宫产后的我，挑战才刚刚开始，腹部突然腾空，之前被挤压的内脏开始下垂的牵拉痛，子宫复旧的收缩痛，后面出院后长期哺乳造成的腰背痛和手指关节痛。当然还有宝宝哭闹时会有自责的心痛。带宝宝第一次打预防针时，他突然的啼哭，我的眼眶就忍不住湿润了，这时候才知道，原来有一种痛是他痛你会比他更痛。有人把这些所有的疼痛统称为妈妈痛。好贴切的词语，只有妈妈才会体会的痛，只有妈妈才会心甘情愿去承受的痛。还有以前从未接触过的问题，都要学着去解决。自己每天蓬头垢面，不记得日期，不在意时间，只知道关心孩子会不会太冷或者太热，会不会没有吃饱，尿不湿是不是该换了，生活已经被这些琐碎填满。

养儿方知父母恩。自己体会过当母亲的感觉，才会更加觉得父母养我们这么大是多么不容易。记得很小的时候，妈妈抱着我走山路，一不小心脚底踩空，她自己的手臂和腿都受伤了，而我却毫发无损，可能妈妈就是超人吧。读书的时候因为学校很远很远，村子里又只我一个人读书，每次回家都硬着头皮翻过一座又一座山，

而每次我都会走着走着就看到母亲来接我的身影，她总是担心我一个人害怕，忙完地里的活就会以最快的速度接我回家，陪我走剩下的路程。那时候已经习惯了清晨在她洗衣的水流声中醒来，习惯了走进了家门她在切菜翻炒的身影，习惯了饭后她给我盛一碗汤，习惯了她为我做的很多很多事……一路长大，妈妈是我最好的老师，在妈妈的身上我学会了坚强，学会了不怕苦不怕累。上大学离开家后，一年只能回一次家，和父母的沟通少了，但是自己心里从来没有忘记他们对我的期盼，直到现在，我依然想通过自己的努力来给他们一个幸福的晚年。

转眼这么多年过去了，我也完全体会了母亲当年所有的体会。而母亲看着我的孩子，总会对我说，有一天他们也会在妈妈操心的目送下离开这个城市，渐行渐远。而他们的妈妈，也会在他们需要的时候，成为他们最大的支持者和最坚实的后盾。

从此，我也有了软肋。也知道，自己是母亲的软肋。

工作日的早上，收拾完文件，接到家里的电话，方知母亲病重，我的心不知道为什么狂跳几下，眼泪再也无法控制，下意识地挂掉电话买回家的车票，却忘记问问此刻母亲的情况……

总是忙于事业的奔波，忽略了父母，而此刻，我才发现，父母依然系在我的心口，牵一发而动全身，即使父母年龄已高，我依然无法接受。

母恩，是一辈子都无法报答的恩情……

山那边

神界里的坟

我曾经有过许多憧憬。在我童年充满梦幻的王国里，有着数不清的水上仙苑，云中琼阁。

但我的憧憬有时也很单调，无珍、无玉、无颜色。只是一个坟墓。我憧憬着：在未来的终点上，能有一座神界里的坟。我可以在坟中埋葬我愿意埋葬的记忆，毁灭我愿意毁灭的性格，告别我永远告别的一切。那是多么奢华的惬意。

我可以在坟的起点上，向崭新的繁荣追求。开始成熟而纯洁的人生，复杂而单纯的岁月，成年的智慧与孩子的赤诚像水乳交融的生活。

我常常想起鲁迅的《坟》，它埋下了往日的陈迹，把人生推向更崇高的明天，推向更伟大的深沉的严肃。

多可怕啊！我来到这个世界，竟是让自己的生命来扼杀希望。我，一个平凡的女子，竟产生过一种邪恶的信念，仿佛只有践踏自己，生命才有价值。仿佛只有苛刻自己，梦想才有希望！

我曾亲手撕碎了爱情，勾销了曾经真挚的爱，竟是那么的简单；埋葬自己的真爱也是那样的随便。

我永远都不能原谅自己的过失（没有像那么多人预料的辉煌走下去），但我永远都不后悔自己的过失，因为过失，我成就了现在自由的我，成就了我现在的单纯，不需要再沿着人们设想的轨道走下去，而是真正地走自己的路。

终究，我只是个女子；终究，优秀模范惯了的我无法把自己变得张扬。于是，生活就给我出了无数无数的难题；于是，生活就给我一段段历历在目的磨难。

对于曾寄予我厚望的人，我将怀着永恒的忏悔在路上走。我只是一个平凡而普通的女子，并没有你们想象的那么优秀。

其实，我还算率真，觉醒的率真真是动人。每个人的脑中都有焰火，且不要把他们看得那么黑暗，以为自己才有光芒。

乡土乡情

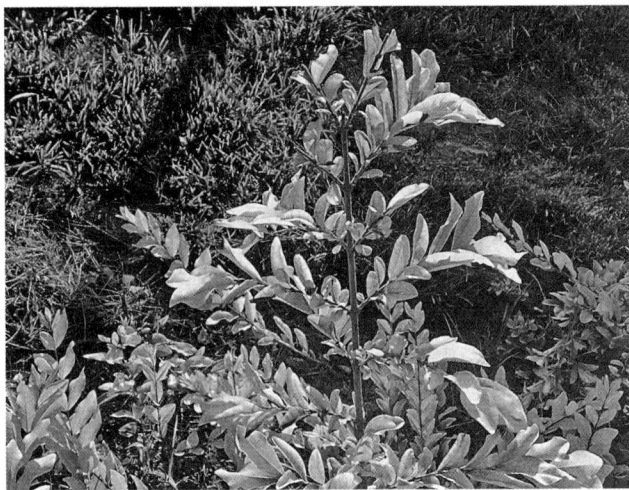

　　故乡的土，故乡的情，就像那经典的老歌，永远流传着，就像那陈年的老酒，永远飘香着。

　　一趟故乡行，让我感慨万千。也让我发现了，其实触动人心灵的，往往不是惊心动魄的事件或轰轰烈烈的壮举，而是给人启迪的一番话，心仪已久的一个人，或喜或悲的一段情，抑或是一曲走心的旋律。

　　但凡少小离家的人，都有一份永远也化不开的思乡情。我也不例外，很小的时候，就负笈他乡求学，当时窃喜，终于可以离开这个狭小的空间和贫瘠的土地了。从此，我渐渐地离开了那个贫穷的村落，离开了村落里人们的视野，被一个村庄慢慢地遗忘。而院子里的那棵挂着一丛丛嫩绿榆钱儿的大榆树，那个与小伙伴儿捉迷藏的打谷场，那座和小伙伴儿一起爬过无数次的后山，还有门前那些花花草草，却都印在了我的灵魂深处，构成了一个个美丽的梦境。

古诗云："胡马依北风，越鸟巢南枝。"许多动物都有一种对自己出生地的深深依恋。而人，作为具有思想感情的高等动物，赋予了这种本能以更多的社会性，将其提升为对故乡这块热土的深切执着的爱。

一个人喝着家乡的水，吃着家乡的饭，在家乡的小学校里认识了第一个字，读了第一本书。于是，对家乡的爱，对故土的情，自然地滋生于心灵深处。

乡情总是离不开童年的回忆。儿时的所见所闻和遇到的惊险刺激，还有太多的趣事，深深地烙在了我的心里。儿时的我们，没有功利的权衡，不需要礼仪的拘束，也没有那么多追求。高兴了就笑，不高兴就哭，何等自然纯真？人到中年，就再也找不回儿时对陌生世界的那种新奇感，找不回那种对一件事情的全神贯注和真诚纯洁的目光。年龄的成熟徒增了谨慎。

尽管远在他乡，整天忙碌工作，但是总有一种时不时想回家乡看看的冲动，回乡体会漫山遍野的鲜花远比我们办公桌上的盆栽香醇。但是，当经过苦心筹划，调配时间，好不容易真的回到了阔别已久魂牵梦绕的故乡时，在夙愿得偿、感叹唏嘘之余，我却有一种很强烈的陌生感和失落感：再也找不到那条熟悉的小路、那片熟悉的杨树林、那座一次次爬过的山。变了，故乡的一切都变了，不变的只有渐渐苍老的父母对我们的牵挂和爱。

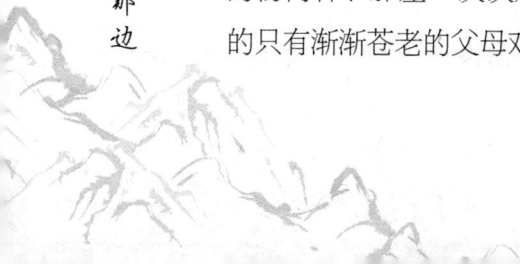

看着已经没有年轻人的村落，原本就稀稀拉拉的村落越发感到萧条，心不禁颤了一下。曾经，我们生在这里，长在这里，祖祖辈辈。后来，因为求学、因为谋生，注定离开了这里，这到底是我们的幸运还是不幸？

突然冒出来的念头让我心发慌，也许某一天，我们在村子里的南山或北坡上送埋了最后一个亲人，我们不再有理由回到那里……

但是，不管在哪里，那片生我养我的黄土地永远会在灵魂深处驻扎。这么多年过去了，在不经意间，我还是会拾起那种感觉，那种对乡土乡情思绪蔓延又时常觉得空洞的感觉，伴随着我的往后余生……

乡土乡情

在路上

　　最近的情绪波动比较大，也许是看过太多的悲欢离合落寞失意了吧，让一直正能量的我，有时也恍惚一瞬间陷入落寞的情绪中出不来。

　　人生就像一场旅行，旅行时起初也曾经有过动摇，也曾经漫无目的地走在每一个角落，也曾经在一个又一个的十字路口停下自己的脚步，不知道该走哪一边。也许每走错一次，都会有一些意想不到的结果。这时的我心中也许会有着无限的迷惘，无限的惆怅，但是只要我们选定目的地，坚持不懈地去奋斗，在走的过程中就会领

山那边

略到不一样的风光，就会体会到不一样的感受，就会真真切切地收获到很多。而我也是这漫漫长路中的一员，在路上，慢慢寻找和收获一切未知的东西，自己也在旅程中慢慢成长、蜕变。

　　既然在路上，总会有阵阵的凄清，总会有阵阵的微凉。是暴风雪？是天灾？又或是人祸？不管是什么，我给出的答案是面对，无论它是什么，我都会选择去面对。只要心中的目标依然明晰坚定！毁灭，又如何？风雪过后，我抬起头，仰望着蓝天，阳光，看着远方的路依然会逐渐明朗，只要我明白，我是对的，我就会用尽一生去证明。因为，这是我最大的梦想，这也是我无悔的选择。哪怕这路边有不少野花，哪怕我不知道它们是不是有毒，我依然会探索，在这探索的历程里，也许我会受伤，但是我却很快乐，这样未知的世界是多么令人好奇啊！是多么令人神往啊！一路上，哪怕我经历再多的坎坷，哪怕我经历再多的质疑，我都会全力面对。因为我知道，这就像是《西游记》里师徒四人西天取经之路一般，九九八十一难，每渡过一难，就会离成功更进一步。我带着我的梦想，我的追求，我的执着，为这不明朗的路添几盏明灯，让我自己能够看到希望，哪怕只有一丝，我也决不放弃，因为它可能决定着我能不能在这条路上继续走下去。我会努力变得坚强，让这些突如其来的暴风雨也为我而震撼；我会坚持在这条路上走下去，探索更美好的世界；我会变得更加强大，保护我心灵最柔软的地方！

　　我看到了，这是，这是希望的光芒！我将在这条路上一直走，一直走，直到尽头……

年终奖：妈妈眼里的泪

过年，是我们每个中国人都期盼的日子。因为只有在过年，不管你多忙，都得停下手头的工作，不管你在外面过得怎么样，都得回家过年。过年，让我们这些总以"忙"为借口的不孝子女再也找不到不回家的理由了。

年终奖下来了，对于每天码字的我来说，这也许是一年中最好的收入了。看着银行卡上的余额显示，想了很久，手指在电脑的键盘上静止下来，突然想妈妈，想回家。

每一次和妈妈通电话，我都说我很好！让她别惦记。挂完电话总会仰望天空，眼泪在眼里盘旋。

　　妈妈今年68岁，典型的农村家庭妇女，生育了七个儿女，活下来的只有我们兄妹四人，一生勤劳朴实，任劳任怨。为了这个家付出了她毕生的精力。

　　如今，我们都已长大成人，离开了家，离开了我们的妈妈，老爸替我们照顾妈妈，她曾经教会我们坚强地面对生活，教会我们如何去飞翔，教会我们如何做人。现在我们都成家有了孩子，却发现妈妈已经老了，已经不再是当年那个能承担家里大梁的妈妈了。妈妈年轻时农活重，孩子多，不讲究穿戴，也舍不得给自己花钱。现在的妈妈似乎也变得爱吃好东西了，爱穿新衣服了，变得更加黏我们了，我们却再也不是黏妈妈的年纪了。处在上有老下有小的尴尬年龄段，心中只有"奋斗"二字。很多时候似乎已经忘记了惦记家，惦记老家的妈妈。

　　拿着沉甸甸的年终奖，赶火车、坐大巴，一路奔波回家，领着孩子立马开车奔上了回家的路，只想早点回家看看一年没有见的头发斑白的妈妈。车子在公路上缓缓地行驶，音响里传来《烛光里的妈妈》，随着音乐的旋律，一下子把我带入了回忆。想起小学的时候，爸爸因为盖房子的时候不小心，一块砖头砸到了脚而得了脉管炎，从此妈妈既当爹又当妈，忙完家里忙地里。因为妈妈没有时间做饭，就用农村的大锅熬了一锅稀饭，我白天晚上放学回来就喝，喝到第六天的时候，我终于当着妈妈的面哭了。和妈妈吵了一架，发誓再也不要喝稀饭了。可是晚上睡觉的时候我就后悔了，觉得妈妈也挺不容易的。半夜三点的时候，我起来上厕所，却不见了妈妈的身影，只是听见房顶上有拉磨的声音。我赶快穿上衣服跑出去，只见妈妈拉着沉重的石磨在用玉米给我磨面粉，这本来应该是驴子

或者牛来拉的，因为我们家养不起，妈妈就自己拉起了石磨。看到这里，我幼小的心里已经深深地烙下了母爱的印记。早上，我终于吃上了玉米面馒头，我觉得比同学拿的白面馒头还好吃。

想到这里，我已经止不住眼泪了，现在的我们自己也为人父母了，已经被生活打磨得似乎没有那些多愁善感的感慨了，可是今天我却眼里一直泛着泪花。我们大包小包拉了一车，每次因为生活的不宽裕，总得留着点给自己孩子，留来留去到妈妈那里就不多了。可是，我真的不愿意再这样了，把困难留给自己，让父母好好过个年吧。

这里，是我梦开始的地方。尽管狗的叫声已经陈旧，或者不太友好，但仍然很亲切。父母远远地站在那里，抬起手挡着阳光瞭望着我们。车越行越近，妈妈长满皱纹的面颊越来越近，越来越真切。停车，终于看到日渐苍老的父母。心里瞬间一疼，想紧紧地拥抱他们，可是我却没有做到，只是从包里拿出厚厚的年终奖，一把塞到妈妈怀里。告诉妈妈，这是我们的年终奖，今年孝敬你们了。

妈妈看着这厚厚的年终奖，眼里噙满了泪花。推给我说，我们老了，不需要钱了。你们孩子那么大了，都是要用钱的地方，赶快收起来。我沙哑着声音说，今年无论如何都要拿着。这不仅仅是年终奖的事，这也是女儿一年来对您所有的牵挂啊！

妈妈握着我的年终奖，满含泪水的眼里充满了笑意……

山那边

最贵莫如手足情

    有人说，母爱柔情似水，父爱恩重如山，还有一种亲情不能忘记，那就是手足之情，一种纯洁的神圣情感。

    手足之间免不了打闹，免不了吵嘴，但一旦风雨过后，空中的彩虹比平常更加美丽。

    是啊！很久没有这种感觉了，今天我又一次体会到了这种来自血脉的亲情。当时我的声音是哽咽的，我几乎是说不出话的，一种感动的、浓浓的感情在我的胸腔里积攒，我想说几句感谢的话，却一句也没有说，只是默默地流下了眼泪。一个人在你需要安慰或者帮助的时候，往往只有手足会毫不犹豫地挺身而出，若不是亲身经历，我以为我总是生活在一个人情冷落，时不时被人"套路"的时代。在这个复杂的社会上，为了让自己活得不至于像个傻瓜，小心地把自己的心守着，因为自己的重情重义总是换来别人的不识好歹或者背叛。守着心真的好累，今天，是哥哥姐姐再一次告诉我手足情永远都在，而往往在你最难过的时候，只有他们才是真正在后面为你着急解决的人，而不是别人的袖手旁观，甚至落井下石。

因为我比哥哥姐姐小很多，所以我的童年里基本没有和他们嬉戏打闹的影子。在我童年的记忆里，大姐二姐很早就出嫁了，哥哥也基本没有参与我的童年，为了家里的生计，很早就出门学艺打工了。所以我的童年是孤独的，除了学习，就是帮父母干活。

长大后，他们都已经中年，而我也忙于自己的生活，我们总是聚少离多，但有事的时候依然都会想尽一切办法来解决。现在大姐有病，二姐、哥哥总是什么事情都想着我，也总是给我减压，其实我心里也知道，他们的生活也不容易，这几年大家都过得不是那么的大富大贵，但是依然互相帮衬着。想着自己总是受他们的恩惠，却没有能力帮衬他们，总是想着有一天我能活成我想要的样子，我一定要让他们感受到也有个有情有义的妹妹。

这么多年历经风风雨雨，其实也感觉到人生路上，亲情才是最持久的。它会给予我无私的帮助和依靠，在最寂寞的路上，亲情才是最真的陪伴，它让我的心感受到了温馨和安慰；在最无奈的十字路口，依然是亲情充当清晰的路标，为我指引着成功的方向。

手足之情，是生病时探望呵护，是遇挫时鼓励支持。这种爱，迟了就无法再来；这种情，走了就无法追溯，它就是手足之情！从出生，到懂事，到成年，到暮年，它，一直陪伴着我们。

手足之情，是蛋炒饭，平凡，抚慰饥肠；是面巾纸，真实，拭干泪水；是白开水，无味，浇灭炽焰；是棉花糖，还未入口，已融心田；是烧酒，蒸得愈久，香气愈逼人；是老酒，越久越醇。时间是它们最好的凝固剂。

手足之情，是一把斜背着的吉他，情到深处，拨动心弦；是一挂藤萝，不管身在何方，它总牵着你手；是一串挂在颈间的钥匙，打开的是一扇扇快乐的门窗。

手足之情，在眉眼顾盼间，在浅浅微笑里，在抒情小曲中。

属于我的思念

当忙碌告一段落，当心情变得不再那么焦躁的时候，终于可以坐下来认真思考一些问题，却被一股浓浓的思念占据了思绪。今夜，我怅坐一隅，停下手里的工作，静静地想你们，想知道你们在做什么；想知道你们有没有在想我；想知道你们是否走进甜美的梦乡，是否看到我在梦的路口等待。

我静静地坐在这里想你们。虽然，我不知道这样的思念，你们是否能真切地感受到。但是我还是无法自控，就这么静静地想你们，静静地在心底呼唤着你们。我真的很想在这宁静的夜里，放声呼唤你们的名字。尽管我知道，漆黑的夜无法将我的心声传得很远，但我总觉得，无论多远，你们一定能够听到。

在这个平淡的夜晚，因为想起了你们，使这个夜晚变得美丽而忧郁。我想为你们点亮一盏橘色的灯，静静照耀着你们前进的方向；想用我单薄的身体，为你们遮风挡雨。我祈求，祈求这一刻的宁静、永恒。思念，让自己的心有了柔柔的疼痛和幸福的甜蜜。不经意间，我会静静地想你们的名字，想你们的身影，想你们可爱的笑声。

不管可不可以，我都必须飞越万水千山，为你们的将来而不断地奋斗。站在窗前看不到遥远的天际，但我不会寂寞，因为我的心离你们是那么近，那么近，近到我可以真切地感受到你们的气息。不在你们身边的日子，就这样静静地想你们，其实也是一种幸福、一种期冀。

窗外，月光如水，我的办公室里，只剩我一人。而我却早已心事堆积。品一口香茗，让淡淡的夜曲如流苏般弥漫。放飞心绪，今夜，就让我静静地想你们。

十月怀胎的疼，
除了父母，还有谁能懂？

最近的一条新闻，让我觉得心里被扎的麻麻地痛：

陕西榆林市有一名待产孕妇从楼上坠下身亡，大家都觉得蹊跷，所以深究了产妇坠楼的原因。

没想到是因为产妇家属根本没有顾及她的实际情况，就强烈要求顺产，导致了根本不适合顺产的她产生剧痛。在产妇再三强烈要求剖宫产但是都被拒绝的情况下，她直接跳楼身亡。

山那边

更让人寒心的是新闻中透露的点滴细节。

在产妇刚刚办理入院待产时，医生通过初步检查就已经发现"胎儿头部偏大，阴道分娩难产风险比较大"，并随后通过医护人员向产妇和其家属说明情况，并且建议他们选择剖宫产。

然而家属拒绝，坚持顺产，并直接在《产妇住院知情同意书》上签字。

下午5点50分，产妇由于剧痛，两次走出分娩中心和家里商量，说疼得不行，想剖宫产，家属依然明确拒绝，坚持顺产。

将病人劝回待产室后，医护人员对病人进行安抚，随后再次建议剖宫产，但是家属仍坚持顺产。20时左右，待产产妇从5楼分娩中心坠下，抢救无效死亡。

读完这条新闻，我想所有人和我一样，心里应该都是心疼愤怒且悲凉的。我且不去评论谁之过，因为不管谁对谁错，产妇的生命终究是没有了，谁对谁错还有那么重要吗？

当我把这件事发到朋友圈后，一个微友私信我说：其实女人在怀孕后，才能真正地看到这个世间的美丑。

她和我讲了她自己的故事，她说生孩子的阵痛让产妇崩溃，这不是不可能的，毕竟每个女人的痛感都不一样，这种崩溃不仅仅是身体上的，还有很多来自精神上的。当一个产妇觉得自己的痛苦根本没有人能看到、没有被体谅的时候，她是真的很难忍受的。

她说，她在怀孕的时候也想过自杀。

因为在最后羊水快破了的时候，自己疼到把嘴唇咬掉了一层

皮，哀求婆婆和老公给自己一个痛快，赶紧剖宫产，让自己尽快解脱。可是婆婆冲上来说剖宫产不能走医保卡，只有顺产能，让自己再坚持一会儿。并且还和她讲："我偷偷问过了，你肚子里这胎是女儿，咱家一直想要个男孩，剖了的话，几年不能捞儿子，你就再忍忍吧。"

"每个人都是这么过来的啊，你听妈一句，疼麻了也就不疼了。"

她说当时听完这句话后，她气得眼泪一下子就出来了，她的十月怀胎意义就这么被一句话所总结，肚子里还没见过人世间的孩子就这么被戴上了一个"没用"的帽子。

还有，钱？儿子？我都要疼死了，你还在顾虑这些？我的命还赶不上那几个钱和你对孙子的假想吗？

我都要死了，你还要和我分析这件事儿对你的得失影响，难道我不是人吗？你不用稍微考虑考虑我吗？

太多产妇在产房崩溃地大哭大叫的时候，她的婆婆公公，她的老公，并不会在乎她痛不痛，怎样生产对她好。他们只会支持顺产，因为他们的想法是，顺产对孩子好。产妇的生死好像都在孩子之下，他们感受不到顺产的疼痛，不懂强制顺产会带给产妇的生命危险，就很搞笑地觉得，剖宫产出来的孩子就是个身体不好还智障的废物。

我有时候会想象一下那些产妇躺在手术台上，被剧烈的疼痛和心理恐惧所控制，想要剖宫产结束这一切的时候，但是门外的公婆丈夫就是坚持不肯签字，说："你再忍忍，马上就生出来了。"

这时候的她们会有多绝望？会哭吗？会难受得心如刀绞吗？往日相亲相爱的男人，对你温柔的婆婆，此刻看着你面临死亡却毫不

作为，让你挣扎在最痛苦的边缘，只为了一句"还是顺产好"这样无意义的话，她心里会痛吗？

假设这是她们自己的姑娘，自己还忍心这么决定吗？

我告诉我身边的朋友，你们生孩子的时候一定一定记得让自己的父母来医院，在你身边守着。

因为在那个时候，能值得相信的只有你自己的父母，只有他们会把你的命放在第一位，只有他们才会用心去感受你的痛楚，只有他们才能懂你的命比一个还未出生的孩子重要得多。

十月怀胎的疼，除了父母，还有谁能懂？

泪落指尖，何处归？

冬来，寒已至。

冬日的风吹来，刺骨，秋已黯然退场。感觉很久没有把心中的情思从笔端流淌了。天，时阴时晴，但依然能感觉到冬天的寒冷。

这些年，我辗转于各个城市，但难以忘怀的，是故乡那座红色小城，那座让我思念、又让我忧伤的城市。每次回去，我都会站在东关大桥上，仰望着巍巍宝塔山。而今的宝塔山，已经披上了美丽端庄的外衣，把整个城市都罩上了迷人的夜色。满怀乡愁，我久久地凝视着这座熟悉而又陌生的城市。这座生我、又养育了我童年梦境的城市，变得越来越美丽，紧跟着时代的步伐往前迈进着，但让我忧伤的是，高楼大厦淹没了小城原有的古典美、传统美、特色美。

人生，没有纯粹的甜和苦，人生就这么凑巧的一生。很多人、很多家庭都在为了生活而奔波在奋斗的路上。而作为"80后"的我也不例外。每次都是离开熟悉的城市，来到陌生的城市，然后把陌生的城市变成熟悉的城市，就这样一直循环在陌生与熟悉之间。

经历了太多的人情冷暖，我慢慢地明白了，活得再漂亮也有迷茫的时候，走得再精彩也有失落的时刻。伤，怎样掩饰都会痛，因为要跋涉，所以一直执着；泪，怎样品尝都是苦，因为活着，所以必须扛着。心中的苦楚，没人替你品尝；脆弱的心灵，没人替你坚强。有些责任，必须承担；有些伤痛，必须承受；有些情绪，必须克制；有些风雨，必须勇往直前。疲惫了自我释放，伤痛了自我安慰。这就是我的生活和我的生活态度！

渐渐地我懂得了微笑，懂得了给自己减压，那些看不见的痛便不再那么痛。蓦然发现，生活的质量，其实是取决于我们自己每一天的心境。生活其实就是个过程，而不是一种结果，学会了享受过程，也就学会了享受美丽的人生。

细细想来，慢慢斟酌，便会发现当我们放下一切睡一觉，醒来后便是一次重生。没有过不去的事情，只有过不去的心情。人最值得高兴的事：父母健在、知己两三、盗不走的爱人。其他都是假象，别太计较！

泪落指尖，何处归？

奔跑的人，不许掉眼泪

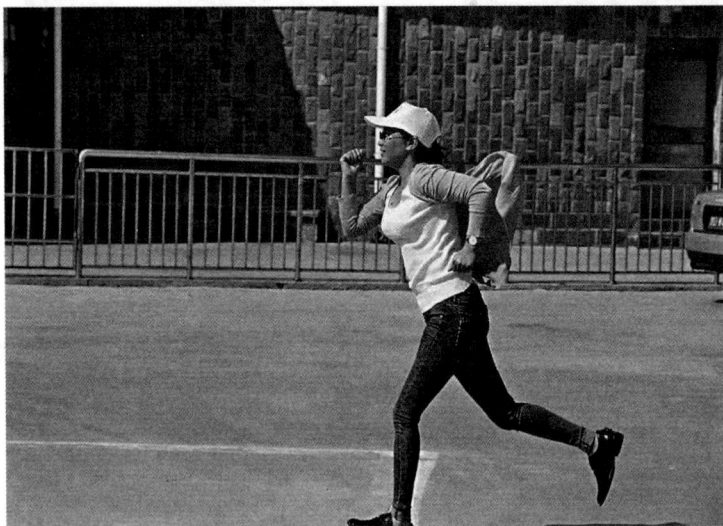

曾，一个人在山顶，远远地看着夕阳，泛着微红的天空渐渐褪去，那便是夕阳。古人说."夕阳无限好，只是近黄昏。"只是当时从不觉得那是美景，也不觉得那是黄昏，境界不同，无从体会。而回忆中，竟然那般短暂急促。

新年伊始，人们都从美食与美酒中醒过来，默默收拾行囊面对现实，开始奔跑在追梦的路上。

我于千千万万人群中走来，同样都是为了追梦，却各人有各人的不同，各人有各人的无奈，各人有各人的压力。打足了精神，看清前面的方向，抖落年后的慵懒，回到属于自己的工作岗位。

独坐在办公室里，生疏的手指敲打着生疏的键盘，一个接一个的方案，让好久没有敲击键盘的我开始熟悉起来。似乎又回到了2017年忙碌的日子。只要上班了，下班对于我来说已经成了一种奢侈。

初到龙城，一夜梧桐雨，带着几分凉意，夹着萧瑟，冰冷了那些纷扰的心绪，一个短暂宁静的夜，让我进入了工作状态。在通往梦想的路上，有太多的可能让我停下脚步，可能大家觉得不安稳，可能你还有其他事要做，可能是你渐渐地没有了勇气，可能是失败挫折太多。

但我始终相信：一个会坚持走下去的人，原因只有一个，就是因为你想实现它。所以当你觉得泄气的时候，诀窍只有一个：对着镜子想想初衷，你一定能够站起来。

2018，新的机遇，新的开始。在这样一个充满希望的新年里，我们一定要把握机遇，朝人生的巅峰冲刺，我们要保持年轻的心态，随时准备着与时间赛跑，我们要在时光深处，保持一种淡然与洒脱，让新年的希望陪我们一起笑语盈盈，清香一路。

奔跑的人，不许掉眼泪

7亿种活法，
每个人都是一座孤岛

中国人口13亿，追溯每一个人的命运去来，这时你会惊奇地发现，有些荒诞是多么寻常，有些粗糙也只是生活本身。他的举止有多难理解，他的动机就有多合理。生活，几乎让每一个人都在竭尽全力地、真实地活着。

现实生活中，每个人站立在自己的孤岛上，向另一个世界发出远远的眺望。但当你无意间回头，会发现自己的生活中也有某种值得深深凝视的东西。

想起庄子的两则故事。庄子带着他的学生去郊游，走到一棵古

山那边

树的面前，他停了下来，问他的学生："你们知道这棵树为什么能够存活下来并且安享天年吗？"听了学生不着边际的回答后，庄子无奈地摇头，他接着说道："这棵老树就因为无用而被人忽视，是无用帮了它一个大忙。"

一日，有贵客临门，庄子对学生说："家中有两对鹦鹉，就把不会说话的那对杀了招待客人吧。"那个学生懵了："山中的那棵古树因为无用而得以延年益寿，家中的那对鹦鹉却因为不会说话而要遭受杀戮，同样是无用，命运为何不同？"

庄子没有作答。不过最后，那对不会说话的鹦鹉倒是保全了性命。

我们身边其实有很多这样的人，他们很渺小，自身发出的光实在有限，不仅不可以照亮别人，就连照亮自己都很难做到。但是他们却努力地生活着，去过属于自己的生活。他们想要怎样活着，我们大可不必干涉。

曾经看到一对夫妻，妻子坐在丈夫的自行车后座上，不知道妻子说了一句什么，丈夫转身吻了一下妻子，他们有说有笑，恩爱有加，但却受到旁人的鄙夷。但至少，他们比那些在社交媒体上秀恩爱、裸露、炫富的人要简单、真实得多，他们表达的是自己发自内心的爱和快乐，我们不能粗暴地否认他们的幸福，因为每个人都有自己的活法。

有时，我们很多人以为没车没房就没有好的生活条件。但没车没房其实并不代表生活不美好，每个人都有自己的生活和趣味，没有房贷、车贷的压力，生活反而会轻松很多，不必担心每月要去还多少房贷、车贷，其实也省去了很多辛苦。将物质看得太重，往往会忽视精神的需求。一个人的精神足够富足，才能获得真正的幸福。

生活中，有一种哲学叫作你所认为的样子。

你所认为的那些周游世界的人，都是精彩绝伦的；你所认为的世界除了春天的温和，再没有什么美好可言……

然而，很多事情实际上并不是我们所认为的样子，那些周游世界的人，虽然一路精彩，但也一定有着浪迹天涯的孤独；这个精彩纷呈的世界，除了春天的繁花可以欣赏外，还有夏天的凉风、秋天的落叶以及冬天的白雪……

每一种存在方式都值得被欣赏，每一种生活和风景都有独特的魅力。

我们不可以用一些刻意的标准来绑架我们的生活，去衡量一个人的生活是否幸福。因为，每一种活法都会有不一样的人生，每一种人生会有属于他们的不同幸福。

你有你的人生，我有我的幸福。我们不可以自以为是地对别人的生活粗暴、轻率而武断地下结论，只要一个人的生活不危及他人，不给别人带来伤害，不违背这个社会的基本法则，他们的每一种活法，活出的每一种结果，就都是精彩的，就都值得我们尊重。

而我此刻于孤灯之中，静思以往，放眼未来，飞快地敲击着键盘，为自己构思的文章润色。这时的我就感觉自己是在一间灵魂的净室中与上帝交谈……真的，我喜欢这种可以用情、用泪、用生命去体会的感觉。也许这就是我最喜欢、最真实的活法。

练　摊

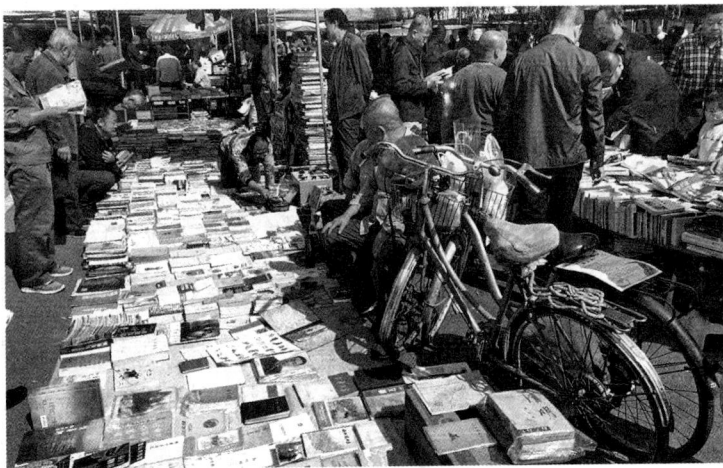

　　曾经，我放弃了自己的梦想。一个人，一个包，身揣1000元钱，只身来到了西安这个陌生的城市，这个曾经不是很喜欢的城市。因为我总是认为大城市不适合我们这些小人物生存。但是这里却成了我生活的落脚点，也让我慢慢地喜欢上了这个城市。

　　现在想想，那是一段刻骨铭心的经历，也是人生低潮期的生存方式。现在，我最起码可以坦然地当故事写出来。那个时候，一切都是不得已而为之，现实的经历和压力是最无情的。理想？兴趣？听起来似乎有点可笑，吃饱穿暖才是我的当务之急。梦想对于我来说真的好遥远。

当我找到一个大学城安顿下来后（相对来说这里的消费很低），开始准备找工作。第二天无意中看到很多人摆摊。我就开始思考，其实我也可以试试。于是我找到了批发市场，批发了两百块钱的饰品来卖，可是每次卖出的就是二三十。有一个周末我发现从外面来的两个男孩卖一种软陶手工艺品，很多人都围着他们，生意好得我们只有羡慕的份。但是他们卖得比较贵。我就在想，怎么着我也是个上过大学的人，回去多方查，各种筛选，终于找到了几家价格质量都不错的厂家。

我把最后所剩的500元钱全部进了货。货一到，我就开始到其他地方练摊了。这确实是好东西，第一天就卖了三百多，让我第一次有了小小的成就感。不到几天都卖完了。于是第二次囤了更多的货。而且每到一个地方生意都很好，其他摊友只有看的份，就问能不能给他们批发一点。我当时灵机一动，是啊！看来很多人都没有这个货，而且他们都没有批发的渠道。

对练摊有所了解的，大家应该都知道，练摊少不了要和城管捉迷藏，而且游击战居多。幸运的是，我在西安的那个时期，很多练摊的地方都属于半开放形式，城管基本不怎么管。所以我的摊越做越大，但是依然只卖一种。我开始囤货，给各个摊友发货，加上自己亲自上阵卖，一个月下来，算了算账，小一万的收入，这可比上班强多了！最主要的，我是个喜欢自由的人，不喜欢被人约束。练摊很苦很累，一个夏天下来，皮肤能脱一层皮。早上十点起床开始找可以摆摊的位置，一直摆到晚上十点多，然后再转战换地方，继续战斗到十二点或者一多点，其中的辛苦就不必说了。但是我风雨无阻，不管赚多少，那都是真正的血汗钱。而且我是个自律的人，

山那边

从来没有因为自己而耽误摆摊时间，不管在哪里，我都是第一个去占摊位的，最后一个离开夜市的。每天给自己设定目标，卖不到设定数额我就不下班。想尽一切办法吸引路人。

当然我一直是一个勤奋踏实的人，记得那时候我在朋友圈发过一句感言：即使我现在落魄到摆摊，我也要摆出一个大学生的样子。是的，我没有口出狂言，我确实做到了。虽然这是个很多人看不起的行业，虽然这是个很多人不屑的行业。但是起码在我最落魄的时候，我能靠自己的劳动和智商，让自己又能正常生活了，而且还小小地赚了一把。

后来，我就有了背包客的想法。开始背着我的货全国各地跑，白天游玩打探情况，晚上到夜市练摊。每到一个新的城市，都会自己练摊，因为生意好，旁边的摊友就会向我要货。我一般在一个城市会待一两周，等有几个摊友开始上我货的时候，我就会转战到下一个城市。这也算是给大家都有口饭吃。善良，是一个人做任何事情的根本。

还记得第一站是河南郑州。辗转找到了夜市的地方。那真叫一个大啊！但是几乎是没有我们这些外来人的摊位的。本着"不要脸"精神，各种打问，终于找到了一个不是很起眼的摊位。但是在我刚摆下不到半个小时，我的摊位就被围了个水泄不通。两个小时过去了，我带的货也卖得差不多了。市场管理员大爷说不让摆了。于是我收拾完开始逛逛这里的夜市，也是别有一番情趣。连着两三个晚上都是在大爷要来之前我就收摊了。几天下来，摊友们又来要我给他们供货了。就这样，这个城市的货铺完后，我继续到下一个城市。

广州、南宁、深圳、杭州、厦门、海口、三亚等，一路走过

去。其实我这个人就是这样。自由是我的风格，突然想去哪个城市了，我就会立马买票去。每个城市都有我辛苦的脚印，但是更多的是我收获了太多的东西。走了这么多城市，让我领略了不同的风景和不同的风土人情，也让我不断地发现每个城市不一样的美。一路下来，我沉淀了很多写作的素材。

这样的生活持续了大概有两年。后来，为了继续追求梦想，我毅然离开了这个行业。带着满满的不舍，告别了昔日的摊友，我们也叫战友，踏上了我的新征程。离开了这个行业，我的摆摊生涯也就结束了。练摊，其实就是在夹缝中求生存。

没有努力，志向终难坚守

她，开着几百万的玛莎拉蒂在中州路奔驰，银行存款多少位数不记得了。只记得她，曾经一直是我眼中的偶像，奋斗的目标。

多久没有深呼吸，多久没有低吟轻唱，多久没有驻足好好看看这座城市，好好看看身边的人。并非我不重视这一切，而是似乎已经忘记了这一切。人生就像西苑路上的毛絮，看似自由，却随风荡漾，身不由己。大家都说人生是很累的，是啊！人生真的很累，可是你现在不累，以后就会更累。人生是很苦的，可是你现在不苦，以后就会更苦。

树雄心壮志易，为理想努力难，人生自古就如此。有谁会想到，十多年前的今天，我曾是一个在街头彷徨，为生存犯愁的人？当时的我，一无所有，前途渺茫，真不知路在何处。然而，我却没有灰心失望。回想起来，支撑着我走过那段坎坷岁月的正是我的意志品格。而今天，我似曾又回到了原点，不同的是更大的责任，更大的压力，更大的迷茫。但是我从来不敢放松对自己的要求，不敢什么都不管什么都不想，因为我有更大的责任，我是方向，如果方向倒了，大家该驶向哪里？其实有时候我也没有安全感，可是我还得信心十足地告诉大家美好的未来，才能鼓舞所有的士气，对美丽美好有期望，才能拼尽全力，才能凤凰涅槃。

有人说，"努力"与"拥有"是人生一左一右的两道风景。但我以为，人生最美最不能逊色的风景应该是努力。努力是人生的一种精神状态，是对生命的一种赤子之情。与其规定自己一定要成为一个什么样的人物，获得什么东西，不如磨炼自己做一个努力的人。做好自己该做的，其他的一切顺其自然，因为不是你自己能掌控的事情，你再怎么折腾都没有用。

志向再高，没有努力，志向终难坚守；没有远大目标，因为努力，终会找到奋斗的方向。做一个努力的人，可以说是人生最切实际的目标，是人生最大的境界。

人到了一定年龄，就会变得平和了。是啊！我再也不是从前那个发了脾气九头牛都拉不回来的自己。已经学会了冷静。从前有人夸几句，总会兴奋好几天，而现在，微微一笑，只当鼓励；从前有人批评，总会伤心难过，而现在，懂得面对，为的是做更好的自己；从前有人讥讽，总会找人理论，而现在，不会再拿别人犯的错误来惩罚自己。我只想，认认真真、踏踏实实去努力，做一个本分的人。因为没有努力，你的志向终难实现。

梦想照进现实

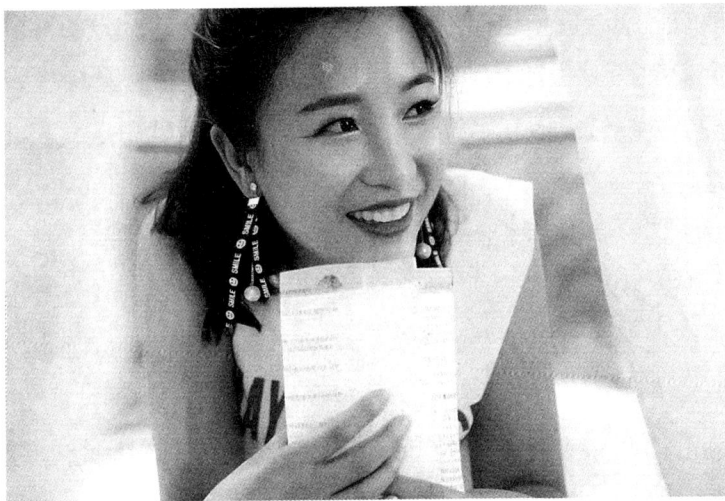

三月的桃花开了，气温却或冷或热。昨天热得满大街都是穿T恤的"美眉"，今天却都套上了棉衣。

一直以来，我就是个靠梦想生活的人，不过一直以来梦想也仅仅是梦想。因为现实有时候就是一座大冰窖，走在其中，你会感觉到周围尽是刺骨的寒冷，寒彻心灵深处！

我总是勉强让自己微笑，可是笑容太干，于是在无人的夜晚一个人哭泣，可是泪水太咸，当初的山盟海誓到了最后难免会变；烦恼太多，挫折太痛，每晚总是枕着梦想入梦。在梦中，我的梦想照

053…

进了现实，给我的不只是方向，更有那无穷的激情与力量！

梭罗在《种子的信念》中提道：一个人怎么看待自己，决定了此人的命运，指向了他的归宿。我们的展望也这样，当更好的思想注入其中，它便光明起来。不管你的生命多么卑微，你要勇敢地面对生活，不用逃避，更不要用恶语诅咒它。

是的，我一直是这样生活，不管生活多么糟糕，只要有梦想，我都会勇敢面对生活，虽然在这其中，我绝望过、暴躁过、崩溃过，甚至哭泣过。但我始终没有放弃我的梦想，梦想是我奋斗的唯一动力。

说实话，我并不是含着金钥匙出生的，所以天亮等不到，阳光也等不来，我只能靠自己，只要梦想还在我的脑海，我就一定要努力让它照进现实，我能做的唯有努力，若能去努力，成功也好，失败也罢，事后看来都会是件很美好的事，因为收获的不只是结果。

迷茫的时候，我总是在想，在很久很久以后，想起曾经的自己，为了梦想，度过了沉默的时光，付出了无尽的努力，忍受了孤独和寂寞，抱怨过也哭诉过，但默默地坚持，即使在黑暗中也能盛开出最美的花，不论成功或失败，相信连自己也会被感动吧！

生活的经历给予了我太多的人生感悟。我的心态平和了，眼界开阔了。世界在我的眼里变得五光十色了，敲打山的义子也变得鲜活起来了。很感谢我生命中出现的每一位恩师，在我成长的路上给了我太多的帮助，让我对梦想充满了希望。

我忽然发现，原来梦想就在脚下，正等着我们去耕耘、去捡拾。因为，我们要让梦想照进现实。

只要始终不懈地努力，梦想的翅膀，总有一天会展翅飞翔！

山那边

你们期许的目光，
我怎敢轻易辜负？

  时至今日，走过了多少风雨，聆听了多少悠悠岁月，但我心依旧如初，铭记着那么一句话："有一种梦，被称为灵魂。"这句话承载着光阴的故事，刻画着你追逐的身影。这一路所承载的期许目光，怎敢轻易辜负。

  每次踏上故土，我都能感觉到内心的沉重。我，一个穷酸的玩弄文字的女子，却承载了一家人的期望。内心的脆弱总是用坚强和强颜欢笑来代替。"孤独背后的泪眼，人前完美的笑靥"再符合不过我现在的心境了。这是个现实的社会，没人能够看到你背后的辛苦，能够看见的都是你手中人民币的厚度。

我总认为每一份成功都绝非偶然，所以我用尽心力拼命坚持，我总以为坚持背后的成功带着泪水和鲜血的重量，那才是真正的厚德载物。也许正是这样的意念，让我坚持了一年又一年。

大人物大世界，小人物小迷茫，我们每个人所处的角度不同，其实难度都是一样……

我只是个小人物，但是一直努力走进大人物的世界，所以也经常限于迷茫。也许这个世界上，没有那么多的幻想和梦幻，我们的生命总是会有遗憾，如若没有遗憾，那就少了一份岁月的内涵，少了一份缺憾的美感。

人生，有泪才会学会去珍惜得到幸福之后的艰难，有苦才会明白成功的重量。

这么多年一个人翻山越岭、跋山涉水，自己好像在寻找些什么。寻找一份净土？寻找一份安然？其实我只是想寻找我的梦想，一份可以不要再辜负任何人的梦想，仅此而已，再无他求。

一个人的江湖，是倔强过后的骨感，我们没有办法去满足所有人，没有办法让所有人来认同自己，我们的世界观众只有自己，何必活得那么累？可是，舍我其谁？

没有任何一个人的世界高不可攀，所有的勇敢不过都是孤独过后的逞强，当我们将自己团团包裹，不再拥有那份自由洒脱，我需要一个人来欣赏我的才华。

有那么一段时间什么都不想干，不想去承担生活背后的那份沉重，只想安静地拿起一本书细品。倏然，泪珠滚落，带着温热滴落下来……

走一步看一步，没有人能把自己的路看得一清二楚、明明白

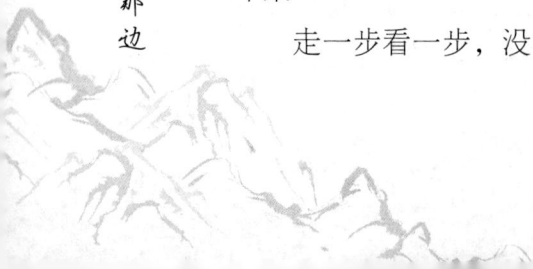

白。几乎我们每一个人都会在日常生活中不断地碰壁，不断地碰壁让我们渐渐地去思考我们自己该走的路与该要走的路！

　　这一路所承载的你们的期许目光，我怎敢轻易辜负？

你们期许的目光，我怎敢轻易辜负？

什么都怕，你只会输一辈子

一只老鼠总是愁眉苦脸，因为它非常怕猫。上帝同情它的遭遇，便施法把它变成一只猫。

老鼠变成猫后又害怕狗，上帝就把它变成狗。但它又开始怕老虎，上帝就让它做老虎，它又担心会遇上猎人。最后，上帝只好把它又变回老鼠。

上帝说：不论我怎么做都帮不了你，因为你缺乏面对现实的勇气，拥有的只是老鼠胆！所以你只能做老鼠。

现实中这样的人太多，平日里总是抱怨自己没有机会，没有机

遇。可是当机遇真的摆在他面前的时候，他又开始瞻前顾后，唯唯诺诺，怕这怕那，担心这个担心那个。或者又会说自己缺这个缺那个，总是为办不成找理由。试问：如果所有条件都成熟的话，你在这件事情上还有什么价值？还要你干什么？人生所有的价值都体现在你做成了别人没有做成的事，和你做成了条件不具备的事情。

人生很短，而我们总是因为害怕和不敢做，错过了太多美丽的风景和成功的机会。我们总是羡慕成功的人，可是你知道吗？成功的人在于他们懂得抓住机会，也在于他们具备勇气，敢做敢拼。人的保护意识是非常高的，以至于我们总会在下决定时犹豫不决，而蹉跎了时间，错过了机会。

小时候，我们牙牙学语；小时候，我们一步一步地学着如何走路。如果当时我们曾因为害怕而却步，如今我们就不会说话，不会走路。所以在做任何事前，没有必要担心这个，害怕那个，因为，害怕只会让你为你的不敢做找借口。

成功的人在于具有不畏惧的精神。人生没有"倒带"，而机会不会重来。"失败乃成功之母"，这句话我们常常听见，也常常挂在嘴边，甚至是很多人的座右铭。但是，你是否真正地去了解过这句话？真正地去相信这句话？真正地理解这句话的深刻含义？要知道，失败从来就不是什么绊脚石，只有当我们经历过失败，累积足够的经验，才能踏上高峰，才有资格得到成功。否则，一切免谈。

不要总是空口去羡慕或是妒忌别人，他们的成功只因为他们的勇敢。何为勇敢？勇敢是你曾经错过，曾经迷失，曾经沮丧，曾经害怕，但仍会振作，仍会坚持。勇敢是你受尽嘲讽、遭人白眼、被人唾弃，但仍不放弃。没有人生来就勇敢非凡，我们都曾经失去追求的勇气，我们都曾经在困难面前犹豫过。然而，我们因此明白困难其实就像弹簧，你强它就弱，你弱它就强。

机遇总是留给有勇气的人，我们的人生不是电影，也不是电视剧，没有"倒带"。所以不要让自己总是在遗憾中度过，放任自己，挥霍一次你的害怕，提起你的勇气朝你想前进的方向努力，成功只会离你越来越近，最终非你莫属。

真正的来不及，最后让你后悔莫及的，要么是自己给自己设限，要么就是怕失败的成本太高。蔡康永说过：15岁觉得游泳难，放弃游泳，到18岁遇到一个你喜欢的人约你去游泳，你只好说"我不会耶"；18岁觉得英文难，放弃英文，28岁出现一个很棒但要会英文的工作，你只好说"我不会耶"。

因为你害怕自己做不好而不愿意去尝试。你越害怕，越懒得学，后来就越可能错过让你动心的人和事，错过新风景。从你害怕自己做不好的那一刻起，其实你已经输给了自己。

很多人总是怕自己做不好，怕努力了没结果，怕失败之后别人的嘲笑，所以不停地给自己找借口，找理由。最后，在自我挣扎和唉声叹气中，得过且过。

你明明有追求，有梦想，就是因为你的害怕和懒惰而最终没有去做。如果你还有梦想，如果你还想要成功，请努力为自己想要的拼一把，大不了输一场，那又如何？至少，比"只想不做"要强得多。

也许很多事情做起来真的很艰难，艰难到你想要退缩。但是，千万别怕。做任何事情，怕，就会输一辈子！

山那边

十年落差

毕业十年，同学聚会。

突然发现，每个人都在过着与我想象中截然不同的生活。

蓦然回首，竟然感慨万千：人生，最大的落差大概莫过于此，才十年时间，你发现昔日不起眼的同学突然成为自己遥不可及的那种人。有些人在为抢到两块钱的微信红包暗自欣喜时，而有些人竟然已经年薪过百万，成为同学眼中的成功者。

十年，仅仅十年，就让昔日同窗的我们差距如此明显？如此巨大？

为什么，明明在学校时毫不起眼的人，毕业后，却一反常态，几年之后足以甩同学几十条街?

其实不难知其然，在学校的时候，大家都处于同样的环境，差距不会很明显，但是，毕业后，就会出现可怕的分界线。所以有些人被远远地抛下，有些人则遥遥领先，成为时代的领跑人。换句话说，就是你已容忍自己过一种稳定却平庸的生活，而别人却在为理想不断地拼搏的路上。

有一句话说得好：

开奔驰的人都在努力换宾利！

开QQ的人总在努力想法省油钱！

——格局不一样。

毕业后，有的同学缺乏激情，习惯于安逸的生活。稍微吃苦受累就想换工作，他们追求的是混日子。而另一些同学有毅力，能吃苦，加之情商高，改变自己适应这个不断变化的社会，追赶趋势，积攒人脉和机会，在短短几年间，实现自我超越。

这些人之所以拥有了你所望尘莫及的成就，是因为他们付出了你所不知道的努力、汗水和辛苦。他们摆脱了普通的生活模式，拒绝平庸，加速奔跑，所以才能做人生的赢家。而成功往往最青睐这些性格和格局都非同寻常的人。

这世上没有平白无故的横空出世，更没有天上掉馅饼的事情，所有的成功都来源于你比常人更多的付出和拼搏，来源于无数不为人知的辛酸。

你自己既没有天资，又要选择最舒服的生活方式。其实差距，就在这个时候已经开始了。

为什么别人总能比你成功？成了你只能仰望的那种人？你有没有想过，在你睡觉打游戏的时候，在你喝酒打牌的时候，他可能在熬夜加班，埋头写方案；在你游山玩水的时候，在你感慨命运不公的时候，他可能正出差拓展业务，奔波于各地学习。这样的人，是不是比你更容易成功？这样的人，是不是比你更有资格成功？

所以，你是不是应该感激每一个比你成功的人？因为是他们告诉了你，你不是不成功，也不是不能成功，你只是不愿意收敛自己的堕落。

突然想起汪国真的一首诗歌：

我不去想是否能够成功

既然选择了远方

便只顾风雨兼程

我不去想能否赢得爱情

既然钟情于玫瑰

就勇敢地吐露真诚

我不去想身后会不会袭来寒风冷雨

既然目标是地平线

留给世界的只能是背影

我不去想未来是平坦还是泥泞

只要热爱生命

一切，都在意料之中

所以人与人之间的差距，表面上看是财富的差距，实际上却是心地的差距。那些一夜暴富的传奇，从来都只是一种错觉，只有用更多的努力，你才能过上那种很"燃"的人生，你的人生才可能不会被辜负。

我的前半生

曾经，朋友圈和微博被一部叫《我的前半生》的电视剧刷屏，
还出了《我的前半生》励志语录：

> 你不能依靠任何人，只能靠你自己。
>
> 路要自己一步一步走，苦要自己一口一口吃，抽筋扒皮才
> 能脱胎换骨。除此之外，没有捷径。

读着亦舒的《我的前半生》，想起了自己的人生，可不是嘛！
我已经在混混沌沌中走过了三十余载。虽然过得凌乱不堪，可是日

山那边

子不会因为我的凌乱不堪而倒流。女人，在任何时候都不能丢了自己的事业，丢了自己的独立。丢了这些你就丢了尊严，丢了地位，甚至丢了你的人格。哪怕你再辛苦、再艰难，请一定记得不要丢掉自己独立的尊严。

现实生活中像子君这样的女人多的是，只是我们未必有子君那么幸运，有个像唐晶那样不离不弃而无所不能的闺蜜，更有像贺涵那样的男人引领她在事业上从零开始，走向辉煌。电视剧毕竟是电视剧，如果没有完美的结局给观众予信心，又怎么去成就那么高的收视率。

现实中子君这样遭遇的女人多的是。我们也许曾有过子君一样的遭遇。可是现实生活中没有唐晶，没有贺涵。那么我们该怎么办呢？坐以待毙吗？自暴自弃吗？当然不能，我们要比子君更坚强，更独立！

每个人身边都有不少这样的女性。当时，被爱情冲昏头脑的我们让身边的很多人大跌眼镜，不可理解。只因为爱情来得太快，就像龙卷风，婚姻来得更快，那简直就是海啸啊!总之，为了爱情，我们女人往往会选择放弃事业。

七年之痒，加上你成了真正的家庭主妇，除了家庭和孩子你什么都顾不得了。对于这时的你来说，婚姻是天，丈夫是地，天不能塌，地不能陷，否则整个世界就完了。单是这个节奏，必须符合通常的规律，定是熬不住的七年之痒。只是，依旧惋惜。不是为了爱情，放弃事业吗？不是为了婚姻，没了自我吗？贤妻良母到这个份上，你也未必能保住你的婚姻。因为你已经跟不上他的节奏，你离他的世界越来越远。你再也找不到你们之间的共同语言和默契点，而越来越多的是你对他的不信任和他对你的不耐烦。因为他的世界你不懂，你的世界却只有婆婆妈妈、唠唠叨叨，让他懒得去懂。你在他的心中，早就成了脱离社会、毫无用处的家庭主妇。所以，最后还是不得不以离婚收场啊！

离婚是一回事儿，可是离婚后脱离社会的你该如何生存？像子君一样一切归零，可子君最起码有唐晶和贺涵，而你，有什么？从某一个角度来看，这就是事业、婚姻两不得意。人生输家，非你莫属。怎么造成的呢？就是为了婚姻过早放弃事业。人的精力有限，想什么都做到最好，可能吗？那是自欺欺人。

为了爱情过早放弃事业，一心扑在家庭上实在不是明智之举。女人的个人价值也是需要得到体现的。不只是在家庭中，还在自己的事业上。女人在婚姻中必定付出得比男人多，可是生完孩子就一定要回到大家的视线中，继续你的事业。否则，你会失去生存的能力。你要知道，也有大把的辣妈，生完孩子立马回到自己的事业和工作岗位上。千万不要因为你的惰性而贪图你的男人给予你的物质生活，让你从此过寄生虫一样的生活，除了依赖对方你别无选择。如果你本来就没有自己的事业，那也罢了。但是如果你有自己的事业，请一定不要放弃，因为你放弃的不仅仅是一份事业，更多的是你独立的尊严。

《我的前半生》子君的饰演者马伊琍说过，家庭主妇真是一个高危职业，十年后，你被老公炒鱿鱼了，却发现自己一无所有。所以我们女人应该活出自己独立的人格魅力，不要整天担心自己被抛弃。别傻了，别人给你的只能是依靠，而安全感这个东西从来都是自己给自己的。

丢弃前半生的辛酸，不念过往，不畏将来，过好我们仅有的后半生，让后半生成就我们灿烂的人生，不是更好吗？

燕雀？鸿鹄？

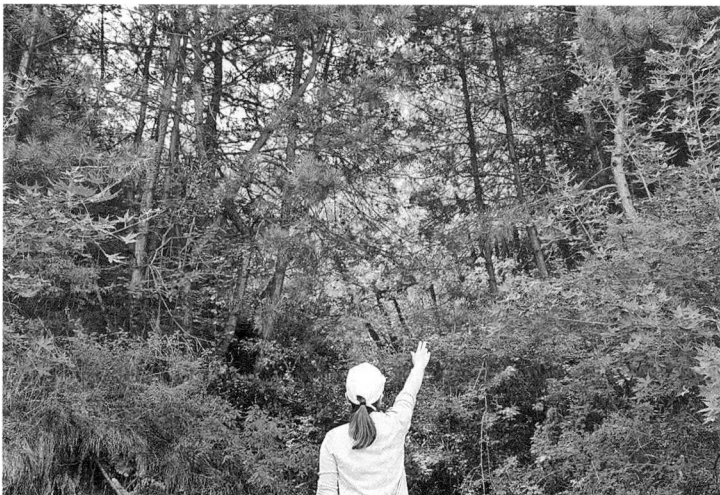

　　"燕雀安知鸿鹄之志"出自《史记·陈涉世家》，意思是燕雀怎能知道鸿鹄的远大志向，比喻平凡的人哪里知道英雄人物的志向。

　　在谈到志向的时候，大多数人都显得很无所谓的样子，似乎离自己很遥远。也有人觉得，梦想太遥远，活在当下才是王道。上班、下班，柴米油盐酱醋茶。尤其是"80后"的这一代，处于上有老下有小的尴尬境地，更是觉得谈梦想，太矫情。对于此，我只能叹息，毕竟我也是"80后"，面临着同样的境遇。也许这就是我们都是燕雀的原因吧。

时代在进步，农业的现代化和工业的现代化已经解放了大批量的农民和产业工人。仔细想想，你最初的命运是不是应该去种地或者去工厂呢？当然，我们不能否认种地和工厂就不好，现在的工厂，工人待遇发生了大变化，种地的机械化也让人省力不少。即使是这样，似乎我们也没有改变"燕雀"的本质，也依旧还是一介小民。

想当初和我们处于一个起跑线的人，是不是有人已经出类拔萃了呢？是不是有人已经功成名就了呢？细细想来，其实"鸿鹄"就存在于我们的身边，只是我们离自己很遥远罢了。马云当初做互联网的时候，可能更多的人认为他是骗子，结果当他把阿里巴巴带到美国纳斯达克上市的时候，所有人才恍然大悟，啊！原来是这样。

燕雀安知鸿鹄之志哉？

普通人永远理解不了马云在做什么？理解不了马云做这些到底有什么用？但当马云成功后，所以人都理解了马云做的就是我们普通人都需要的，而最终我们都成了马云的消费者和忠实的客户。这只能进一步证实我们自己是"燕雀"的本质。

说到底，我们是不是应该有鸿鹄一样的志向呢？这个毋庸置疑。无论生活多么艰难，事业多么不顺利，自己心中的志向应该永远都在，这是人活着最大的精神支柱。

光有志向是不行的，我们更应该积聚能量，不断学习进步，成长自我，直到志向实现的那一刻。

有梦就有希望，只要你愿意改变自己的命运，燕雀也一样可以拥有鸿鹄的志向，万一实现了呢？咸鱼都可以翻身，煮熟的鸭子都能飞，还有什么不可能的事情？所以我们即使是"燕雀"，也要拥有"鸿鹄"的志向，并努力去实现它。

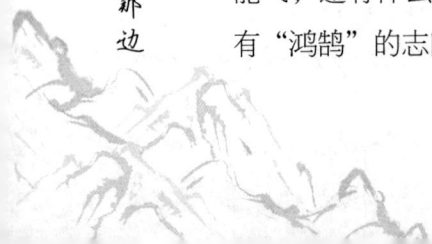

我的诗与远方

> 这个世界不只有眼前的苟且，还有诗与远方。
>
> ——题记

这是高晓松的一句话，后面其实还有：诗就是心灵的最深处。恰巧这诗与远方是我最爱的。背上双肩包，回归自然，一场说走就走的创业旅行，即是我的诗和远方。

曾经的年少轻狂，曾经的冲动梦想，就像是河流中的石子，在经过源源不断的冲刷之后变得圆滑。我们像是鸟巢里的小鸟，被温暖的羽毛包裹着，太阳斜射进来照耀在我们身上，翅膀下的光影，游走在梦与现实的边缘。而现在的我，依然拥有属于自己的诗与远方。

我热爱远方，但我更向往自然。龙应台说："一个人走路，才是和风景之间的单独私会。"但是有几个志同道合的朋友一起做自己想做的事情，那就是我们共同的诗，到达了我们共同的远方。

远方，并不是我们永远到不了的地方，也并不是我们想象的那么遥远。而是因为我们没有梦，没有给自己希望。即使有过那么真切的希冀与幻想，但是不去践行似乎就会可望而不可即。一瞬间有点兴奋。感觉自己正在一步一步走向我的远方。所有对远方的日出与日落，晴朗与阴雨等等做出的假设都是那么的真切。时间最后一定能看到我的足迹。只要认准了这条路，就一定可以到达我想到的远方。

每个人的一生都要经受岁月的打磨，在山重水复的流年里走过，在灰尘的摩擦中赋予一个又一个的标签，被无数的时光洗礼出璀璨的记忆。这中间，享受过成功的喜悦，也分享过失败的经历，不管是泪水还是汗水，都曾经在我们的脸庞流淌，此去经年，它们都将成为我们身上不可多得的资历。

如果你总是固步不前，人就会变得麻木，会失去展望世界的欲望，会被固定的烟土气息渲染，让眼界变得狭隘。我们应该在这平凡而又不平凡的世界里，尝试着做一个空间旅行的过客，让自己永远在路上，去探索，去寻找，去挖掘。世事无常，你不知道下一秒谁会出现在你的生命里，就像是不知道下一秒与你擦肩的人群中是否有人会成为你未来的引路人。

一个人总要选择一条未知的道路去出发，只有在路上才可以看

山那边

清内心深处真正需要的东西到底是什么。一路上点点滴滴的心情，磕磕绊绊的路程，所有这些以梦为马的日子，都会在经年之后成为内心深处最美的典藏。

我所庆幸的是我的内心的青春与激情依然还在，并没有因为残酷的现实和人情的冷落而丢失，最起码今天我还有诗与远方，智慧加勤奋除了得到希望，也一定会成功。一切才刚开始，前面是全新的挑战，纵使生活有太多的不确定因素，但是如果没有了它们，也就不再有悲伤、幸福、惆怅、快乐、感动的交织。每一种生活的味道都需要我们去一一品尝，唯一不变的可以是我们热爱生活的信仰。

趁着我们还有激情去创造自己的未来，抓住青春最后的小尾巴，去把我们小时候的白日梦一点一点地去实现，让青春的帆再一次扬起来……路就在脚下，要心无旁骛地望着远方。告诉自己："诗与远方，我一直在追随你们的路上！"如今，我们虽然已过青春，但是我们依然可以背起行囊，像一个战士一样迈向远方，给自己一个挑战的机会，去寻找属于我们自己的诗与远方。

不管别人把你捧到多高，
你都要以空杯的心态去做事

创业这么多年，有成功有失败，面临着强大的竞争追赶，但是我觉得自己是一个较少被改变的人。

创业十年，经历了很多的风风雨雨，但我依然是一个理想主义者，并没有被打磨成一块圆石头，依然排斥被这个世界的某些东西所改变。

作为媒体人，作为华百网的创始人，我们是要相信自己无所不能的，不然你怎么去采访啊？很多你不认识的人、不熟悉的领域，我们就得直接跑到那儿，去找到那个人。所以一个人一样可以拥有很大的能力。但对于公司或者说商业的好处，就是好像你拥有了法力，可以去把你认为正确的价值观，在更大范围去实现，去弘扬。

我在大二的时候就开始了创业，在这期间我要面对很多很多的问题，我必须保持沉着冷静，在很短的时间里想到一个比较符合实际的法子。对于我来说，自从华百网上线以来，最让我焦虑的莫过于：

第一，业务追不上合适的时间，长期和短期的目标总是会打架；

第二，团队的成长，包括个人的成长；

第三，当然是如何去明确我们华百网的发展战略，其中也包括融资。

我想和大家说的是：

我花了10年找对了路

现在每天工作16个小时

没有周六日

没有节假日

我为什么一直这么拼

给大家讲一下我小时候的事。小学四年级时，我们村第一次通了电。还是低压，全村就村主任家一台14寸黑白电视，而且只能收到一个台。每天晚饭后，大家就聚集在村主任家的院子里，为了看到电视，大夏天的在院子里被蚊子叮得满身包。

后来上了初中，来到了镇上，日子过得更拮据，一周只有三块六毛钱的伙食费。我现在都记得很清楚，一顿饭一个2两的馒头和一碗白开水，外加从家里带的西红柿酱。一周吃9顿这样的饭。那段日子，经常饿得听不进课，很多个早晨，都是被饿醒的，为了转移注

意力，我总是会拿着书爬上学校对面的山坡去晨读。初二的时候被推荐到外省的一所希望学校去读书，我突然觉得我怀揣着的那个梦想，终于要实现了，因为对外面世界的渴望，想看得更远一点，想走得更远一点。

我第一次到了大都市，看到了那个年代最高的楼，记不得多少层了，只记得绕着大楼我走了很多圈。

高考那年，我决定要去南方的城市看一看，于是毫不犹豫选择了南方的城市，因为我坚信在那儿我可以站得更高，我可以看得更远，我可以走得更远。我决定开始独立生活，不再向家里要一分钱。

大学期间我都在努力学习，并且开始创业，因为我知道这个城市并不是我的终点，还有更远的地方我可以去。

俗话说：条条大路通罗马，而有人就生在罗马。绝大多数人不是生在罗马的幸运儿。而我更不是，所以，我们除了拼，没有别的路可走。

我从农村走出来，我自己的父母都是地地道道的靠天吃饭的农民，我也没有条件去结识"牛逼"的人，所以大学毕业后我还是没有什么出路，空有一腔热情。在这十年中，我摆过地摊，卖过服装，开过美容院，干过太多大家觉得不屑一顾的工作，听起来有点小传奇，但其实背后都是无奈。我能做什么？我唯一的出路，就是拼。那接下来呢？唯有更拼。在这十年里，我跌跌撞撞，最后进入媒体行业，做了自己喜欢的事业。我见过很多脑子比我聪明、条件比我好、机会比我多的人，我感谢他们，他们的不努力，给了我这样的人机会。最后，希望每个人都能更拼一点，不为别的，为让自己过得更好一点，让家人过得更好一点。

我认为，不管曾经自己被别人捧到了什么高度，或者是自己认为自己已经到了什么高度，今天，我必须放下一切所谓的高度，从零开始，以"空杯"的心态去脚踏实地，一步一个脚印地去做我们的事业。

我也一直勉励我们的团队一定要有"空杯"的心态，坚持学习，不断前进。一定要有信心，有坚忍不拔的毅力，去努力拼搏，展望属于我们的未来。

不管别人把你捧到多高，你都要以空杯的心态去做事

有多少成功人士，曾经比你还草根

今年我先后采访过不少商界人士，他们或精明强干，或足智多谋，无一例外都是爱岗敬业的好典范。然而在我看来，他们除了这些大家都能看到的优秀品质外，他们大多曾经和我们一样是草根，都吃过别人没有吃过的苦，干过别人不愿意干的活，他们身上更是拥有常人没有的以下品质。

不抛弃，不放弃

每个刚开始创业的人都遭遇过失败，不景气，甚至别人的冷言

冷语。不放弃，不抛弃，应该是我们每一个人活着的信念。只要自己不放弃自己，只要你还能看到前面的未来，一切都会好起来的。换句话说，坚持是成功的基石。

好好活，就是做有意义的事，做有意义的事情，就是好好活。

这句话转赠给所有期望在事业上有所建树的朋友。我认为潜台词就是，别做整日赶场参加饭局等与事业无关的"额外工作"；做对事业有帮助的事情，就是好好工作。

人不能太舒服，太舒服就会有问题

如同秦始皇所言："养士如养鹰。"不能给鹰吃得太饱，太饱就会缺乏斗志。在这一点上，所有人都是一样的。即使你是富二代或者衣食无忧，如果你每天无所事事，不知道自己干什么，没有自己的人生规划，看似每天过得很舒服，可是你的人生已经失去了应有的光泽度。

日子就是问题叠着问题

作为自然人，你生活在这个世界，你的使命就是解决不断而来的困难和各种问题，而不是一味地抱怨工作环境、不断提出问题。拿些不知道从哪里听来的小道消息来危言耸听，或者一知半解地提出几个问题，绝对不是正确地解决问题的表现。出题谁不会呢？问题是，你是否知道该如何解决它们。记住，解决问题是你在任何时候立于不败之地的法宝，而不是提问题。一个光会提出问题、品头论足、横加指责的人，一定是个饭桶。

信念这玩意不是说出来的，是做出来的

其实，每天的工作做久了，谁都会觉得枯燥。可是古人说了：

远路无轻担。所以，坚忍才是体现一个成功人士精神的所在。能不断重复地做好每一件事，才是专业化的表现。成功就是不断重复地做简单的事情，这说起来简单，做起来可不是那么容易。

别混日子，小心日子把你给混了

混日子其实比过日子有趣，你会感觉自己赚了，至少每天都很高兴。但是长久看来，混久了终究是把自己给混了。十多年前混日子的人，我没见过一个现在学有所成或大有成就。你可以选择现在混日子，但时间对你的酬劳是一事无成的，最终还是日子把你糊弄了。

你玩命了，你的上司也得玩命

每个公司，每个级别的领导，包括高级管理层，都存在着混日子的人。千万不要因为你的上司不玩命，你就不玩命。你是为自己而活而工作，不是为上司。如果你真正有能力，没有人能挡住你成功的步子。群众的眼光永远是雪亮的。大伙都清楚地知道哪些人是玩的，哪些人是玩命的。上司也有压力，你玩命，你的上司自然也得玩命。因为不玩命，他就无法再能胜任你的上司。

山那边

有一种睿智叫懂得拒绝

过度友善的人，不忍或害怕拒绝别人，他们总是怀抱善意，宁可牺牲自己的时间、精力，也不想让别人失望。然而，害怕拒绝，害怕让别人失望，也未必是好事。

生活总有点欺软怕硬。一个完全不懂拒绝的人，也不可能赢得真正的尊重。

不懂拒绝的人，迟早要学会狠下心肠。

很多人都喜欢《欢乐颂》里的关雎尔，因为她人长得甜美，心地也好。但她也常常遭人诟病：正因为心地太好，她不懂得拒绝别人。

关雎尔很多时候加班加得晚，都是因为帮别人做事。终于有一次，同事又病了，请她完成剩下的工作，最后也是她签名确认。

同事做的那一部分错漏百出，经理知道后却只骂了关雎尔。因为最后签名的是她，所有责任都要她来承担。而那个同事，出事之后一句话也没替她说，也没有一句安慰。

关雎尔的傻白甜行为，其实也是今天许多人的写照，我就曾经是关雎尔这样的傻，但是不白也不甜，更是得不到别人的赏识。

也是因为自己的善良，想塑造自己的良好形象，所以对朋友的请求来者不拒。终于，我们温暖了别人，却累死了自己。

"他一定是走投无路了，才来找我……""要是我把他拒绝了，我就是坏人……"这是我们在接受求助时的心理。可是，现在的我才明白当时不懂拒绝的背后，是我们往往将自己放在太重要的位置。

帮得了一次，就有第二次；帮得了第二次，就有后面的无穷次。而无休止帮助的剧情发展，往往是始于感恩，终于嫌隙。当哪一次帮不上忙，你就会变成罪人。

不懂拒绝别人的人，有意无意地其实是把自己当成了超人。而他们之所以不懂得拒绝，其实正是因为他们跟超人一样，根本没有弄清楚自己到底是谁。

关雎尔没有弄清楚自己的身份，她只是公司的其中一个职能，在一个讲究分工协作的五百强企业，她根本不可能完成所有职能的执行。所以，一个人的位置，决定了他的作为。

"有所为，有所不为"，是孔子的话。"有所不为"就是拒绝。什么样的人有所不为？君子。君子就是一种身份地位。像君子一样，对于不同身份地位的人，就有他们该做和该拒绝做的事。

三毛说："不要害怕拒绝他人，如果自己的理由出于正当。当一个人开口提出要求的时候，他的心里根本预备好了两种答案。所以，给他任何一个其中的答案，都是意料中的。"

因此，拒绝别人，一定要先给出一个正当理由。"我要下班""我不喜欢这样做"都是正当理由。哪怕单纯就是不想帮，"我不想"也是最好的理由。如果不想伤害别人的面子，话就说得圆一点。

拒绝，不是对来者的侮辱。相反，不浪费大家的时间，是对双方最大的尊重。

而每一次拒绝，你都是再一次回答了一个重要的问题，也促使对方思考这一个问题：

我到底是谁。

其实，懂得拒绝的人都是睿智的人。

有一种睿智叫懂得拒绝

追梦若冷，就用希望去暖

　　有一个未来的目标，总能让我们欢欣鼓舞。就像飞向火光的飞蛾，甘愿做烈焰的俘虏，摆动着的是你不停的脚步，飞旋着的是你不停的流苏。美丽，在一往情深的日子里，有谁说得清，什么是甜，什么是苦。只知道，确定了就义无反顾。要输就输给追求，要嫁就嫁给幸福。

汪国真在《嫁给幸福》中这样写道。

这个世上，一定有人过着你想要的生活，一定有人已经到达你

想要到达的地方。俗语说，条条道路通罗马。而有人就生在罗马。大多数人都没有生在罗马的幸运，所以我们更要加快脚步，去跟上时代的步伐，去寻找通往罗马之道。否则，你只能看着你想要的生活被别人过得有滋有味，而你却只有羡慕的份。

"梦想是一定要有的，万一实现了呢？"马总也这样说过呢！是的，不管怎么样，梦想是一定要有的，可是有了梦想，我们是不是就一定能成功呢？就一定能按照你的梦想发展呢？这些都是未知数。那么，在实现梦想的过程中，我们是靠什么支撑信念呢？我不知道别人是靠什么，但我清楚地知道我靠的是希望，靠的是执着。是希望让我在一次一次的挫折中前行，是希望让我一次一次地坚持走下去。

记得几次创业失败，在最落魄的时候，成了某企业的职员。刚去不久就碰上了公司的年会，也不知道怎么的，传来传去我就成"舞蹈家"了。其实舞蹈对于我来说仅仅是业余爱好，何谈专业？就这样在这个文艺人才缺乏的企业里，我就担起了舞蹈排练组长。企业比不得学校，没有人为你买单。老板比不得老师，不要过程只要结果。短短的两周时间必须通过彩排，没有什么理由可以讲。是的，我一向不为失败找借口，只为成功找方法。所以我下定决心，一定要在舞台上证明自己。那段时间，我觉得我都要走火入魔了，那一首曲子不停地在我的耳中单曲循环，听着它入睡，听着它走在上下班的路上。上班没有时间排练，下班一个人在家一遍又一遍地跳着、练着。本来就不专业，加之很久没有跳了，觉得身体都不是很听大脑的指挥。有几次我真的很想放弃，很想告诉领导这是不可能完成的事情。可是退缩不是我的性格，一个人跳到累了的时候倒在地上听着曲子想象着，想象着年会的舞台上自己用舞姿征服了舞

追梦若冷，就用希望去暖

台，征服了观众，赢得了赞赏的掌声。那画面给了我希望，给了我坚持下去的理由，给了我必胜的信念。以至于在年会的舞台上，我真的做到了这一切，我自己都不敢想象。这让我更加明白了一个道理，人生没有不能完成的事情，也没有完成不了的事情。只要你能看到希望，只要你能坚持下去，就一定可以到达预期目标。这就是希望给予我们的支撑。

希望，真的可以去暖我们的梦想。小到年会这样的事情，大到贯穿人生的整个梦想。只要我们有希望，就一定能够达到你想要的彼岸。

人生历练，几经周折，也算跨入了自己喜欢的行业。在这个全新的行业里，我启程了，在启程的那一瞬间就决定了我要付出比别人多很多的艰辛，但是我不在乎。这一路，我的目的是未来和远方。我没法知道这一路会遇到什么？会经历什么？会有多少磨难等着我？甚至我都不知道我的未来会遇到什么？但是我非常明确地知道，未来有太多的希望和太多的可能。这无限的希望和无限的可能让我坚信，梦想一定能实现。未来的日子就是我想拥有的日子。

我就是这样，想过的日子就要努力去过，要输就输给追求，要嫁就嫁给幸福！每次在这样的时刻，总会突然有一股暖流到达心底，涌向大脑，兴奋不已。

我坐在窗前，不知道说什么。只是忽然明白了，这世上，真的有人过着你想要的生活，这生活，你也能过，你只需要一点点决心、一点点勇敢、一点点希望，和一点点的坚持！

山那边

多一点真诚，少一点"套路"

一直以为自己，已经经历的够多；

一直以为自己，已经看透一些事情；

一直以为自己，已经足够老练；

一直以为自己，已经足够自信。

当一次一次地被现实"套路"之后，恍然明白，这个社会，有时候也是需要演技和"套路"的。因为这是一个充满"套路"的时代。让我更加认识深刻的是：一种"套路"，是用他的虚情假意，换你的真心实意，然后"套路"你；另一种"套路"，是以他的经验和资深，来让你跟着他的脚步走。

这些年，我偶尔想想过去的事情，好像总是被人"套路"，每一次"套路"都是血淋淋的代价，而我却永远学不会反"套路"，因为我的骨子里就没有这样的天赋。"吃亏是福"，"吃一堑长一智"，每次总是会这样安慰自己，让自己欣然接受。事实上，我吃了很多亏，也没有发现自己得到多少福；吃了多少堑，自己也没有涨多少智慧。依然会轻易被别人感动，依然会轻易对别人掏心掏肺。因为我总是觉得光明磊落才是人间正道，在阳光的沐浴下行走的，这样的路才能越走越长。

"套路"是什么？"套路"是脸庞之前的面具，是软肋之上的盔甲，也是让你食之无味弃之可惜的鸡肋。但是这个现实的社会，好像大家都在用"套路"，好像觉得懂"套路"才是资深的表现，以至于有些人"套路"用多了，都忘了到底是谁"套路"了谁。"套路"玩得如此之深的人，谁还会把谁去当真？还记得曾经一个老总和我说过，其实你是一个很努力、很上进的女孩子，也是一个有才华、有能力的女孩子，但是在你的人生中，你有一个致命的弱点，就是太重感情。这个弱点会制约你在事业上的发展。

现在想想，这位智慧的老总说得很对。我很多次的失败都和自己的弱点有关系，而每次被"套路"之后都想直接冲过去质问对方，你为什么要这么做？为什么要这样对我？而我更想从此把自己的心变硬，再也不要被任何人感动，再也不要对任何人付出真心，这样就不会被"套路"。可是我做不到，即使刚被"套路"过的我，也无法对一个满脸笑容，用真诚的神态与我交往的人心存芥蒂和心生提防。我总是这样告诉自己，不要拿一个人的假意，去惩罚另一个人的真心，这样对这个人不公平。我真心地希望这个世界多一点纯真，少一点"套路"。

我们也常常被另外一种"套路"捆住腿脚，蒙蔽眼睛。你想做点小生意，玩"套路"的人告诉你必须要做到一级代理，拿到一手货源。你想创业开公司，玩"套路"的人告诉你，你必须有丰厚的人脉资源，拥有雄厚的资金。当我们想做一些事情的时候，总是有一些"前辈"跳出来告诉你所谓的"套路"，然后你就轻易相信别人所说的那些"套路"，被自己心中的假想敌给打败。于是你在别人蜿蜒崎岖的"套路"上越走越远，甚至终身苦苦不得抽身，一事无成。这时候你还觉得其实世界上最长的路，永远是"套路"！这种"套路"倒是不能"套路"我，因为我对事情有自己的判断能力，我只是，难过感情关，而已。我傻，我被人"套路"是因为我重感情而已，但是不要真的把我当傻子，看透不说透是对你的尊重，看透不说透是不和你计较。

人生没有什么人是不可替代的，没有什么东西是必须拥有的，没有什么"套路"是必须走的。如果有一件事情让你心神向往，心花绽放，那么去做就是，不要在乎别人说的那些"套路"，从你开始的那一秒，全世界都会给你让步，全宇宙的资源都会向你敞开。

多一点真诚，少一点「套路」

穷人的钱越省越少，富人的钱越花越多

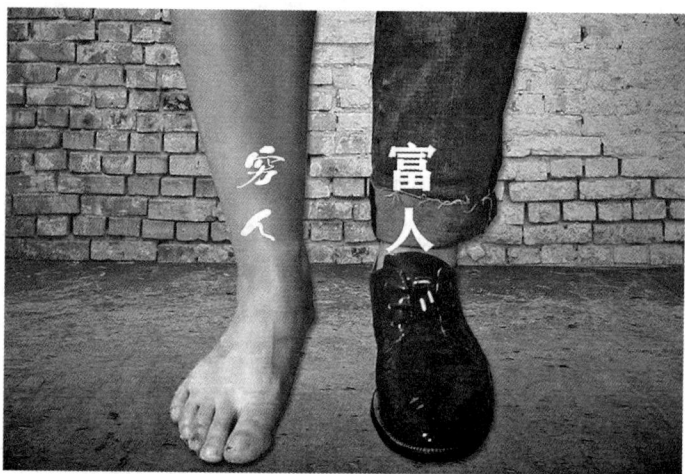

徐峥的《我不是药神》还没下映，沈腾的《西虹市首富》强势接档。

很多人看完这部电影，都会被电影里面荒诞不经的情节所逗乐，但我昨天在火车上看完电影之后，得出的结论可能和大家略有不同。其实电影在看似夸张的情节背后，隐藏了很多投资理财的道理。

与其说《西虹市首富》是在渲染"有钱是真的能为所欲为"，还不如说它在告诉你：有钱人为什么会更有钱？

电影《西虹市首富》，讲的是西虹市的屌丝王多鱼天降横财，得到了二大爷300亿遗产的继承权，但条件是必须在一个月之内合法地花光10个亿。而且他的名下不能有任何财产，不能做慈善，不能做公益。

为了花光这10亿，王多鱼可谓铺张浪费，穷奢极欲，把钱花在了很多看起来必定大亏的项目里。

一看就是精神病人的杰作的"陆游器"，他抱着亏损的预期投了资金，没想到一经上市就畅销各地。

买了一大堆夕阳产业的垃圾股票，没想到就因为他花四千万巨资和投资界大亨拉菲特共进午餐，股民们因而纷纷跟进，结果垃圾股票行情看涨，投资经理在最高点抛售，让他大赚了一个亿。

好友庄强作为他公司的CEO，买下了一大栋烂尾楼，这下总该赔钱了吧？没想到政府在附近规划了一所新学校，烂尾楼摇身一变成了学区房，转手一卖，又给他赚了十个亿。

拼命想要把钱花光，结果钱却越花越多。这也难怪王多鱼在电影里说，钱就好像有繁殖能力一样，越花越多。被金钱"加持"之后，王多鱼每次愚蠢的举动，都被理解出了"深意"。这种情节看着荒诞，但实际上很多都能在现实生活中找到对应的原型。

所以，电影不过是对资本市场的不确定性和社会舆论的盲从性进行了一次根本就不荒诞的原景重现。《西虹市首富》不仅是一部爆米花喜剧片，里面也隐藏着很多关于现实社会、关于人生的隐喻。

电影通过荒诞的故事，传达给我们两个道理：

钱本身自带流量和影响力，流量和影响力又生出钱。富人之所以越富，因为他们在拥有了大量的财富和资源之后，就能够利用这些财富和资源做杠杆，撬动更多的社会资源，获取更多财富，雪球自然也就越滚越大。对于富人来说，钱像有繁殖能力一样越用越多。规模效应之下，瞎猫也能频繁撞上死耗子。

富人赚到的钱，往往以财产性收入为主，也就是"钱生钱"。中产阶级赚的钱，几乎都是工资性收入，也就是劳动来换钱。用大白话来说，要想富，不能只靠死工资，主要在于自己思想理念的转变。

就像这部一定会为你带来欢笑的电影一样，如果笑过以后就算了，继续安于现状、不做他想，那若干年后你会发现，有人通过自己当初嘲笑的情节而人生反转，登上巅峰；而你却不得不接受现实的嘲笑，成为最终被收割的那一茬，也就是现在流行的"割韭菜"。

山那边

我在原地，看风起云涌

　　记不得了，记不得从什么时候开始变得不安，什么时候开始变得没有归属感。然后会一直埋怨，一直惆怅。然而不是我的错，世界如此复杂，我如此焦虑。有时忍不住想放逐自己去流浪，去旅行，但束缚太多，太混杂；责任太多，太自责。有时梦到自己像蒲草一样自由地流浪，哼着小曲，在无人的边缘，自由自在……

　　突然，梦醒了，我回到了现实，八月份的订单，九月份的账单，十月份的公司计划……无休无止地蔓延在我的脑海里，镶嵌在我的潜意识里。每次梦醒的那一刻，我很想全身抽离，放空大脑。

若能拥抱沙漠，拥抱大树，拥抱空气，也能洗刷我的焦虑，缓解我的压力，哪怕一刻也好……

每天繁忙的各种人际应酬，繁忙的各种饭局、酒局，大家在一起的时光，是来自对方的各种赞赏。但是，散场离开了，反而觉得所有的聊天都那么虚幻、缥缈，然后遗忘。自己独立在办公室埋头工作，听着手指敲打键盘的声音，反而觉得安心、舒适、真切。

每天清晨，当晨曦的第一抹光芒唤醒我臃肿沉睡的眼睛，在大脑开始有规律地运转的瞬间，"各种计划"便立刻浮现在脑海，打开手机，拼命去寻找收藏第一手新闻、资料和各种头条。不不不，那不是我想要的。我希望每天早晨是梦想在耳边轻声地唤醒我，对我说一句早安。告诉我现在的努力都是为了将来过得更加有成就。

每当夜幕降临，迎着晚风，望着没有星星的夜空，眼角泛着泪光，天上的月亮呢！曾经皎洁的月光已离我的肌肤更远了。月亮啊！你见证了我这么多年为了梦想各地奔波。或许"流离颠沛"更能诠释我曾经的时光。夜色，渐渐深了起来，拖着疲惫的身子躺在床上，却丝毫没有睡意，想着白天的工作进度和日渐明朗清晰的未来，我伸出手，想抓住，抓住属于我的未来。现在的未来，也许还重复着年少时经历的故事，可我的心却在历经沧桑之后学会了淡然，学会了沉寂。这不是消极，只是懂得了站在更高的位置来看待生活。

第一次踏上南方的土地，
亲吻了蔚蓝色的海

2005年的9月，那是一个金秋的季节，也是我第一次踏上南方的土地，亲吻了蔚蓝色的海。

这是南方的天空，绿色南宁迷人的夏天。

黄昏，我坐在星月广场上，贪婪地欣赏着学院独特的风景线——音乐喷泉，展示在天与塘之间的音乐，是大自然的经典。

我带着碗里奔波的饥渴，带着岁月思慕的饥渴，来到了这里，开始了我的漫漫读书史。读着阳光，读着大地，读着迷蒙的烟涛，读着南宁的绿，南宁的水，南宁的烟雨，读着从天外滚滚而来的白云。我张开双臂，呼吸着这一片绿色，开始适应这蹩脚的大学生活。开始掩饰那颗战败后的心。初到南方的懵懂和澎湃的情思，伟大而深邃的哲理，我预感我的梦想也将要在这里产生。

（一）图书馆是我必去之地

不管出于何种理由，乐于"钻"书的我，图书馆便是我的必去之地，我读着大海一样深奥的书籍，古老得不可思议，这是古人用了整整几千年的积累，几千年的构思，几千年流下的汗水和眼泪，雄伟的横贯天地的巨卷啊！谁能在自己有限的一生中，读尽你的无限内涵呢？

你，我神圣的地方，伟大的双重结构的生命，兼收并蓄的胸怀：悲剧与喜剧，知识与娱乐，正与反，美与丑，深与浅，清新与混沌，都在你身体里温存着，包容着，等待像我一样痴迷于你的人的吸取。

在你那里，我终于读到了书魂，读到了一种比风暴更伟大的力量。这是自我克服、自我战胜的蔚蓝色的伟大奇观。

（二）桃花林给我的灵感

那片不像桃林的桃花林，我隐约地听到了太阳清脆的铃声，海底朦胧的音乐。我看到了童话里白天鹅般洁白的舞姿，给那粉红色的桃花林增添了亮丽的姿色，也给了我美好的遐想，遐想那个遥远的梦。

此时，我感到一种神秘的变动在我身上发生：一种刺激背叛过自己的但是非常美好的东西复归了，而另一种我曾想摆脱而无法摆脱的东西消失了，感到自己的世界在扩大。我觉得自己的心，同天同海，同眼前的桃花林连成了一片，也就在这个时候，喜悦传过桃林，汹涌而来，溢过我的心间，使我暗暗地激动，生活多美好，能

站在大学校园里的我是多么的幸运啊！这片桃林，承载在南国的土地上，这土地承载着我的大学生活，多么值得我爱恋啊！

我不禁为自己初来大学的郁闷心情感到懊悔。这片桃林给我带来了智慧的启示，写作的灵感，生活的感悟，工作的沉思。我仿佛听到了桃林的声音：你知道什么是快乐吗？你如果想拥有它，那就放开你的双眼，体验你目前的生活，酸甜苦辣，才是无边无际的壮阔，无穷无际的渊源，像大海一样自由、深沉。

（三）颇接地气的自我安慰

在这个没有名气，没有压抑的充满激情的校园里，学生会、协会、社团联合会，这些芸芸众生的学生组织给了我展示自我的机会，在实践的长久岁月中，不知有多少辛勤汗水带着我的一腔激情去奋斗，去挑战。阳光是那么的明媚，空气是那么的清新，不是吗？在这么多组织里，我看到了热情，踏实的工作作风，团结友爱的同学情谊；在这么多组织里，我看到了我们的明天，也看到了我的明天。有多少名牌大学的学生能像我们这样轻松自由地锻炼自己、体验自己？我感到身上好像减少了什么东西，又增加了什么东西，感到自己的眼界在延伸，一直延伸到无穷的远方，延伸到海天的相接处。

名牌的压力，名牌的势力，名牌的约束，在我们这里找不到一丝影子，我们就是我们，真正的大学生就是要体会这样充满诗意的大学生活。

对，我要在这种大学生活中，努力奋进，驰向前方，驰向天际，去寻找新的力和新的未知数，去充实我的生命，去沉淀我的尘埃，去更新我的灵魂。

霸气外露，
是什么让它稳坐"仙境"之位？

　　人们说："到了太原不去晋祠，犹如去了北京不到紫禁城一样遗憾。"也有人说："不到晋祠，枉到太原。"所以这次到太原出差，特地抽出一天时间随故友到晋祠一游。

　　去之前早早就普及了知识，晋祠即晋国的宗祠，是为纪念晋国开国诸侯唐叔虞及母后邑姜后而建的。晋祠里面的建筑、园林、雕塑都有悠久历史，古树林立、雕梁画栋、小桥流水，让人叹为观止。最出名的是晋祠的"三宝"和"三绝"，"三宝"是献殿、鱼沼飞梁和圣母殿，"三绝"是周柏唐槐、彩绘泥塑人像和难老泉。

五月的晋祠公园，着实不凡，山水环抱，古树参天，亭台莲池，星罗棋布，阁楼云集，雄伟壮观。我情不自禁地叹道：真是北方的小江南啊！

我们来到水母楼前，映入眼帘的是两层楼阁，下层呈古铜色，上层呈淡绿色，色调典雅。内有石洞三窟，中间一窟瓮形座位上端坐着铜铸的水母像，朴实逼真，形态自若。正在我看得目瞪口呆的时候，却无意中听到一个传奇的故事：水母本姓柳，因当地缺水，继母每天要她到很远的地方去挑水。有一天，她去挑水，快到家时，一个汗津津的人向她讨水，而且只要前桶，不要后桶，柳姑娘满足了她的要求。原来这人是白衣大仙，看到姑娘如此善良，便送她一条金丝马鞭，嘱咐她将马鞭放在瓮内，自然出水，但只有她用才灵。一天，继母从瓮内顺手把马鞭提了起来，顿时大水汹涌而出。为了挽救乡亲们的生命，姑娘不顾一切往瓮上一坐，从此变成了受人尊敬的水母。

听了这神奇的故事，我心中无限感慨。

听说晋祠最有名的要数圣母殿和难老泉了。所以我们加快步伐继续探寻。圣母殿里供奉着圣母像，这是宋代的泥塑作品，也有很多年的历史了，雕塑得栩栩如生，特别是站在旁边的侍女，每个人的神情各不相同，有的严肃，有的高兴，有的愁容满面，神态自然，真像活的一样。据说这是保存最好的泥塑作品，所以特别珍贵。

山西人，就是晋人，中国历史上最为辉煌的盛世唐朝就是晋人李世民开创的。好友是个老山西。我也算半个山西人，因当年在山西整整读了五年书，可以说我情窦初开的年华就是在山西度过的，对山西的风土民情还是比较了解的，山西也在我的骨子里深深地烙上了印记。山西人，但凡一提，外面很多人都会想到"阎老西"，

霸气外露，是什么让它稳坐「仙境」之位？

也就是阎锡山了，他可是地方军阀，一度统治山西整整38年之久的土皇帝。在山西人民心中，"阎老西"可是一个大大的英雄，被视为中国传统文化的代言人。

古人以"立德、立功、立言"为人生"三不朽"。立德，是坚守中国儒家传统道德；立功，是主动积极有所作为，努力造福乡里；立言，即言传身教，勤于思考，勤于著书。阎锡山一生都在追求"三不朽"。

所以要了解山西人，只需到晋祠，触碰这山西人的根，你就会真正感悟和了解山西人。

这里想到"阎老西儿"，那是因为看见这晋祠游人穿梭如织，繁华鼎盛的场景，这可是山西人一辈又一辈积淀下来的文化底蕴。而这文化底蕴的代表，正是这晋祠。

晋祠中各路神仙、佛祖菩萨、关公老君等等聚于一堂，历代历朝文人墨客也在晋祠留下墨迹，最著名的就是唐太宗李世民的《晋祠之铭并序》。实际上，这里就是中国文化的缩影。各路神明一路磕头作揖拜下去，那得上千次吧，因为古今中外的神仙名人都在此供奉。虔诚祈祷或祈拜，实际是许下心愿，立下誓言，种下善根，从此善始而行，必将善终如愿。

参观完"三宝""三绝"之后，时间已经不早了，人也累得差不多了，微博运动步数直线上升，爬到榜上了。晋祠的景点太多，每一个景点都富含历史文化底蕴，都值得大书特书。所以我只能说说自己感触颇深的。

晋祠之美，在山在水、在建筑、在人文。我仰慕它耿直刚烈、桀骜不驯的豪迈中彰显出的崇信重礼，更仰慕它文化积淀发酵的余韵馨香。

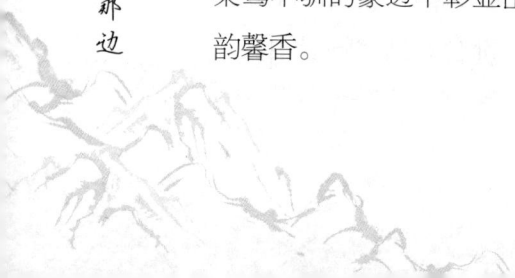

窗外的风景

坐在那列不知名的火车上，我并没有去观赏两边的风景。其实对我来说，溢出的风景就足够了。我抬起头望着窗外，车窗外渐渐远去的一道道风景，让我茫然，不知道哪一处才是真正属于自己的风景。

有时候，遇到喜欢的风景欲停下来下车，只因为小站的停车时间太短，让动作不是很麻利的我来不及背上自己的行李就错过了下车的时间。也许站台的风景并没有刻意强留我，否则我想我会从车窗跳下去，不是为了寻找刺激，仅仅是为了那一处美丽的风景。可是，我却错过了许多这样的风景。

就这样，我一直坐在列车上，慢慢地学会了低头，不想再去看那些不属于自己的东西，缥缈无常。如果是这样，就一直坐着，到终点站的时候总要停下来的，停下来的时候你再抬头，不管那处风景美与不美，都是属于自己的风景，只为自己绽放。既然是属于自己的风景，那就试着让它变得美丽起来，用心去栽培它，呵护它，陪伴它。我相信，如果我用心栽培了，即使不会成为世人眼中最耀眼的风景，至少在自己的眼里，它就是属于自己的、最美的风景。因为我用我的心去爱它，去栽培它，去融化它，那是合二为一的美，无与伦比的美。

山那边

美丽的草原，你的家

　　美丽的草原，展示着大地的万种风情，孕育着无数的爱情故事。

　　呼伦贝尔的草原文静，随风起伏的草浪，与专心吃草的牛、羊、马，构成人们对草原最基本的认识，也养育出手持套马杆的牧人歌者。

　　傍晚时分，初伏的热气已经慢慢消散，落日却烧红了半边天，不知名的小河在余晖下闪着冷冷的波光，九曲回肠般萦绕在浩瀚草原温暖的身躯里。

美丽的草原，我又来了，曾经因向往你而来，也因误解了你而离开。今天，却因偶然的机遇再一次站在你的面前，感受你壮阔的胸膛。我想脱掉鞋子，和衣而躺，再一次感受你的体温。那片绿色，那独特的味道，让我久久停留在五年前而不愿回到现实。只是时光仿佛将相遇定格在彼岸与此岸的一角，从此隔了一个美丽的春天。

走过一段路，总会看一些风景。停留一段时光，总会留下一些故事。其实很多时候，我们都知道每一个故事，总有一个美丽的结局。只是这个结局太过沧桑，也太过唯美，直至最后的散场，竟美得透露着忧伤。忧伤里散播着凄凉，凄凉里隐藏着太多的无奈。

每段旅程都会有一个你爱的人，就像双手不会主动拒绝温暖的十指紧扣，而能否有结局全靠缘分。对于感情，我越来越相信缘分，可能是年龄大了的缘故吧，不再像年轻的时候那么冲动，要死要活，而更喜欢静静地、平平淡淡地喜欢一个人，爱一个人，没有太多的甜言蜜语，没有太多的海誓山盟，有的仅仅是一个懂你的眼神，和一颗懂你的心，还有让你安稳到你以为就是一辈子的那种感觉。

就像美丽的草原，她再美，也有寒冷的冬季枯萎的时候，她再美，也终究是你的家！我终究是这片美丽的草原的过客，终究也成了你的过客！而如今，面对如此美丽的草原，面对曾经如此向往的草原，我也只能躺在这里静静地回味曾经的美好。抬起头，依然是现实，依然是要走的路。而我相信，美好还在更远的地方，而不是这片美丽的草原。很多很多的美景，只能翘首遐观，那些年，已匆匆而过。

人其实就是一种奇怪的动物，过去的事物到后来才喜欢去回

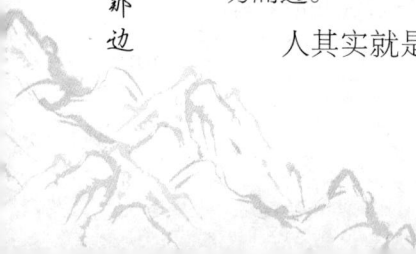

忆，而那些美好，在当时只是最苦的追寻，和最疯狂的无知。大部分人认为，最美的风景在路上，最深的感受在回忆。而我总觉得，一切皆源于那时的年轻。

如果我能够，我要写下我的悔恨和悲伤，即使找不到悔恨的逻辑，也绝不含糊其词，为自己，为青春。千百种情绪在笔尖化为了一堆文字，字里行间的凄苦和悲伤，足以说明曾经的过去，都是累累的伤痕。

而如今，我异常清醒，异常坚定。此后我依旧会在路上，不同的是，我终于有了行程，有了方向。

美丽的草原，你的家

深入生活，扎根人民
——重读《创业史》

　　我认为，纪念一个作家的最好方式就是重新阅读他的著作，品味他的意境和深邃的思想。

　　柳青（1916—1978），原名刘蕴华，陕西省吴堡县人，当代著名小说家。他早年从事革命活动，1928年加入中国共产主义青年团，1936年加入中国共产党，1938年奔赴延安。抗战胜利后，任大连大众书店主编。解放战争后期，又辗转回陕北深入生活。解放初期，任《中国青年报》编委、副刊主编。1952年任陕西省长安县（今西安市长安区）副书记，并在长安县皇甫村落户达14年。

　　高中的时候就读了柳青的《创业史》，柳青的文风在我的脑海

里已经留下了深深的烙印，朴实的文字，总有惊人的力量和余味。这次来到晋陕黄河大峡谷边上这块神奇的土地上，看到文化的、历史的、自然的神奇。有幸在吴堡文化广场目睹柳青的雕像，让我产生了 重读《创业史》的念头。因为没有书，我花了很久的时间在网上找到，便废寝忘食地读完，真的是又一次生命的洗礼。还记得小时候父亲常常跟我提到这本书，说在那个时代下能写出这样的书是非常有水平的。我再次读的时候，依然有类似的感受。

作为一个文学爱好者，我曾看过许多关于柳青人生经历、工作生活情况及文学见解的介绍，同样让我感到惊奇和新鲜，受益颇多。

梁生宝是柳青倾注了心血和热情的理想人物，他作为一个讨饭出身的"受苦人"，一个普通的农民，在一次次天灾人祸的打击下，并没有放弃创业的理想。而"土改"之后，他加入了共产党，成为一名党员，他的创业梦就不再是如继父梁三老汉对于"三合头瓦房院"的规划了，他有了更为广阔的胸襟和更宏大的创业梦，他不仅仅希望自己能过上好日子，更希望身边的穷苦人都能过上好日子。在他身上，有一种气概、胸襟和担当，与中华民族"天下兴亡匹夫有责""安得广厦千万间，大庇天下寒士俱欢颜"的精神文化传统一脉相承，也与《平凡的世界》中同是青年农民的孙少平、孙少安兄弟有一种精神上的传承。

从柳青这里，我明白了什么才是追求文学理想的精神。柳青耐得住寂寞的精神和实践，在当前社会充满浮躁的氛围中，值得广大作家艺术家认真学习。

从柳青这里，我们才能充分理解"深入生活，扎根人民"中"深入""扎根"的真正意义。在1949年7月召开的中华全国文学艺术工作者代表大会（简称"第一次文代会"）上，柳青做了一个题目为《转变路上》的发言，谈到了写《种谷记》时到米脂一个乡工作的情况："我带着一封写得清清楚楚的'长期在农村做实际工作'的介绍信到了县上，县上分配我在一个乡政府担任乡文书。要说为人民服务，到这里是够具体了。写介绍信，割路条，吵嘴打架，种棉花的方法。甚至于娃娃头上长了一个疮有无治疗方法，都应该找你。假使你要是厌烦，表现冷淡，老百姓就比你还冷淡……秋后我的乡上首先发动减租斗争，接着全区全县，闹得热火朝天，冬天是如火如荼的群众性的反奸斗争。在这些斗争中我和干部党员以及积极分子的关系发展了，他们成了我知疼知热的伙伴……黑夜开完会和众人睡在一张炕上，不嫌他们汗臭，反好像一股香味。"正是思想感情的转变，实际生活的体验，帮助他写出了长篇小说《种谷记》和《铜墙铁壁》，并把这些"深入""扎根"的经验，用于中华人民共和国成立后的小说创作实践，深入长安县农村皇甫村蛤蟆滩，与农民群众朝夕相处，同甘共苦，写出了《创业史》这部鸿篇巨制，塑造了青年农民梁生宝、徐改霞，老一代农民梁三老汉、高增福、梁大、王二直杠、郭振山、姚士杰等至今仍具有认识价值和审美价值的农民形象。今天，中国城市和乡村的生产、生活方式虽然发生了巨大的变化，但柳青用生命实践出的这条文学道路，却并没有过时，永远是产生优秀作品和伟大文学的必由之路。

柳青的经验告诉我们今天的作家，尤其是那些网络作家，当作家要植根于生活，要脚踩在土地上，不要活在虚拟的世界里，要多写我们这块土地上发生的事情。今天的作家，如果你不脚踩在大地上，如果你写的不是你脚下的这块土地和你脚下这块土地生发出来的情感、状态，反映的不是你和这块土地的关系，无论你写得多么花哨、绚烂、妖娆，最终都会消逝。

山那边

太原南宫——古玩世界的魅力

乱世黄金，盛世古玩。

今天和我的搭档张芸卿随红色收藏家郝宏武老师、书画家野世捷老师见识了太原的古玩市场——南宫，让我这个不懂收藏的外行渐渐地对这里的东西产生了兴趣。网上关于太原南宫古玩市场的资料少之又少，事实上，如果今天不来这个地方，南宫古玩市场基本与我们绝缘了。

时光流转，这里已不仅仅是古玩市场了，这个宽阔的广场上，红蓝帐篷下还有各种杂货和老物件儿的身影。听说每逢周末开市，人头攒动，算是龙城一景。今天是周日，也算是赶上了日子，亲眼一看，果然如此。真正地见识了太原的市井百态。

据红色收藏家郝宏武老师和书画家野世捷老师说，远在20世纪80年代，太原古玩市场便初现雏形，地点位于府西街。后来在政府的引导下，南宫成了古玩摊贩的栖息地。由一条南北方向长约100米的大街和一条东西方向长达200余米的大街相连构成。

随着古玩市场的发展，在市场南北街以西，迎泽大街以南的空地上开辟了地摊市场，就成了现在我们看到的南宫古玩市场。经过多年努力打造，南宫古玩市场已是华北第二大民间收藏文化市场，仅次于北京的潘家园，在全国集藏文化界享有很高的声誉。

若不是亲眼所见，我真的不敢相信。地上摆满了瓷器、青铜器、木器、钱币、古籍、字画、连环画、老照片、邮票、唱片、唱机、银器、木雕、家具、农具等等。货物林林总总，很多在生活中已经消失不见的东西，在这里竟然也看到不少。来来往往的人群中，除了太原本地人和其他县市的人，竟然还有不少周边省份的古玩爱好者。

在南宫古玩市场，我发现了一件趣事，玩古玩的人绝大多数是男人，正如喜欢逛商场的十有八九是女人一样，古玩市场也是难得见到男人比女人多的市场。正如男人不明白商场为何对女人有那么大的吸引力一样，女人也不明白古玩市场为何对男人有那么大的吸引力，就连男人们自己也说不清。

俗话说，盛世兴收藏。收藏的繁荣，彰显的是政清人和。

听郝宏武老师和书画家野世捷老师说，古玩行话里有个词叫"捡漏"，价值上万甚至几十万的东西，被买家以很低的价格买走，这种情况并不少。当然，古玩行里也有规矩，看东西各凭眼

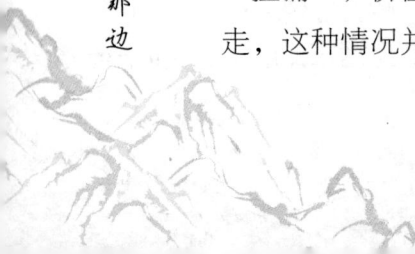

力，收东西打眼了，也其乐融融。江湖切磋，各凭本事，偏偏有人乐此不疲，让我这个外行听得一愣一愣。

在这里，我看到了许多父辈们使用过的东西。20世纪80年代的老录音机，还有机械手表，算是20世纪的"大件儿"。旧书摊可以说是"捡漏"天堂，各类藏书古籍，说不准哪本就被人慧眼识宝，重回大雅之堂。跟着几位老师们，我也淘了不少自己喜欢的书籍。比如张爱玲散文集、丁玲散文集等等。第一次有一种淘到宝的感觉，我想从此以后，我便和太原南宫结缘了。

太原南宫，这个古玩市场就像一个大大的宝藏，藏着过去几十年甚至几百年的老时光，当我跨进这道任意门时，我竟然恍惚找到了这座城市过去的影子。也许这就是古玩世界的魅力所在，只是我还远远没有领悟到它的真谛。

太原南宫——古玩世界的魅力

我要，这样走过秋天

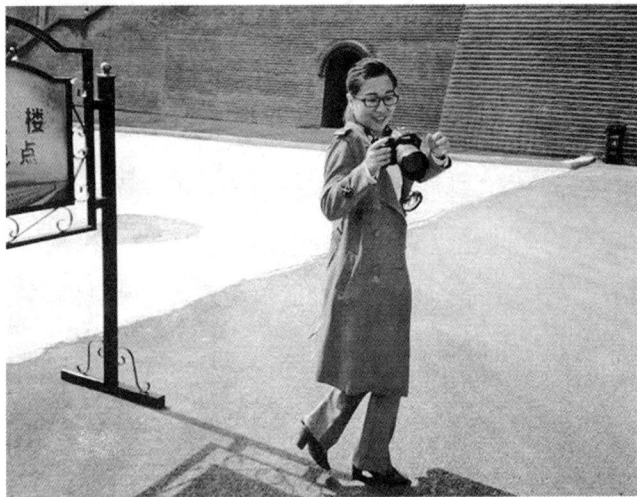

今年的秋天，似乎来得有点突然，让我这个怕冷的人来不及躲闪。但是，我不是个矫情的女子，我有梦想，有自己的追求。所以在这个秋天，我要找一个可以放飞梦想的地方，让心中飞舞流转的欲念和奇思幻想以及梦想，随着这个秋高气爽的天气慢慢沉淀并发芽。

这个秋天，在这个可以放飞梦想的地方。我要每天都展开明媚的笑颜给自己，即使身边无人懂得，我也会拥着秋风秋雨向前不断地前进；即使生活如雨，我也会撑着雨伞给自己的季节打造出别样的洞天。因为生活不会永远让你享受灿烂阳光，有时候也会在你头上放一片乌云，让你体验一下落汤鸡的无奈滋味，让你活在别人异样的眼光之下，羡慕嫉妒别人能够轻松愉快地活着。

这个秋天，在这个可以放飞梦想的地方。我要让那些所谓的虚荣自尊全部搁浅，只留下坦然的率真陪伴自己，不会去在乎别人后面的不理解，更不会去在乎有无完美的句号，过程往往比结局更精彩。更不想让别人眼里的优雅束缚了那份来自原始的狂野，失去了自己本来的样子。

这个秋天，在这个可以放飞梦想的地方。我要将我的一颗赤诚之心交给岁月，把真实的自己交给流年，与悲伤的离歌告别，做一个真正开心快乐的人，然后不忘初心去奋斗，去追寻当初的梦想。要让自己的每一段旅程都有精彩呈现给自己。

这个秋天，在这个可以放飞梦想的地方。我要在梦想的旅途中漫步流连，任落花和落叶亲吻肌肤，都不能转移我的视线。我会用三杯两盏淡酒化解我对骨肉的思念。用心、激情地去追寻美丽的机遇。

前面的路很长很长，但是我要，这样走过秋天。暂且忍着渡口边的相聚离别，让自己全身心投入事业中，给自己、给家人一个完美的交代。

以一往情深与秋日相约，与梦想相见。让自己以一身轻装，去赴这场秋天的盛宴。

旅途感想

　　或许曾经只是路过，谁会在意曾经来过？谁会懂得心的失落？我把故事写进文字里，不言不语用心沏过，就像一杯温茶，恰入我的心扉，侵入我的灵魂……

　　过去的很多人和事，不愿意再去想起；过去的所有欺骗和"套路"，就当往事一样尘封起来。忘掉欺骗，忘掉曾经，忘掉一切不愿意想起的事情，就从今天开始，开始新的旅程，迈向新的台阶，走真正属于自己的新征程。

　　2018，新的开始，新的希望，新的未来。我用我满腔的激情再一次启程，只是想过自己想要的人生，而不是每天看别人脸色生活工作，更不愿意荒废自己的人生在一些不值得的人和事上。生命不是用来浪费的，而是用来成就自己的。

就像今天在旅途中和一个"90后"的大学生聊天，给我的思想注入了很多新的想法和新的思维方式。"90后"，承接了"80后"和"00后"的一代人，再也不是几年前"80后"眼里的脑残，相比前几代人的保守、"00后"的狂野张扬，曾被称为"垮掉一代"的"90后"，已成为可以担得起责任扛得起重担的成年人。

他们的想法新颖，但也不失稳重。在他们那里更多地能感受到真诚和善良，没有那么多的世俗和那么多的复杂，简简单单，热热情情，很快我们就成了很聊得来的朋友。由于赶车没有来得及吃饭，她热情地拿出自己所有的零食给我，并且是那种你不吃她就不依你的热情，让我心里瞬间有一种暖暖的感动，一种来自陌生的"90后"女孩的感动。如果这个世界都能像这个姑娘这样单纯、善良、可爱，那该是多么美好！这大概就是国人所一直追求的共产主义，却让我美美地体会了一把。

我的心是舒畅的，新的开始，新的旅程，遇到了如此善良的姑娘。是不是预示着在今后的旅程中不会像以前一样总是遇到那么些丑陋狡诈的人，而是一些真诚与善良的人？一些总能让你想起美好的人和事？

很快火车到站了，告别了善良的"90后"姑娘。收拾好心情，启程，生活中没有旁观者的席位，所以我要做生活的主人。记得自己的位置，记得自己的责任，自己的光源，自己的声音！

我们有不断的追求，我们才能活得有激情，我们有自己的光芒，我们才能活得坦荡荡。

旅途感想

2018年的第一场雪，
渲染了我尘封已久的梦

昨天中央气象局大范围降雪的预告，终于让很多人心中的石头落了地。朋友圈开始迫不及待地晒雪，至于雪大还是雪小，似乎并不重要。小寒时节，漫天飞舞的精灵，是对冬最好的诠释。

今天是2018年的第四天，看到微信朋友圈满屏的雪景，咬咬牙克服寒冷爬出了被窝，在雪地里开始了我们一天的拍摄工作。

大地一片银白，一片洁净，而雪花仍如柳絮从天空飘飘洒洒。赏雪，已经是学生时代的事了。工作、生活、应酬似乎让我们忘记了这么闲适而美好的一幕。今年，竟然是得益于工作，能够静下心来，放空自己，与雪融为一体，来欣赏它的纯净、无杂质。我凝望天空，闭上我的双眼，任雪花与我娇柔地缠绵，我仿佛听到了雪花在我的耳畔轻轻地吟唱，仿佛听到了遥远的天际里传来的琴音。

　　此雪、此景、此情。那个为理想而奋斗的岁月场景竟渐渐浮现出来。深夜，我翻开尘封已久的日记本，就好像开启了我尘封已久的梦。经过了太多的风雨之后，心如止水不会再有涟漪，那些曾经有过的梦，早已经变得遥不可及。渐渐老去的容颜，忙碌中逝去的青春，岁月已磨灭的梦想。这一刻，渲染了我麻木已久的心。在这漫天飞雪过后的夜晚蔓延开来，真实刻画永恒，一股激情在我的胸口涌动，仿佛看到了初升的太阳。

　　轻盈的键盘声，敲击着我梦中的执着，摘一夕梦作为我永远的追求，穿过黄昏与晚霞，在今后的岁月里成为我永远的动力。

　　感恩于这一场来得及时的雪，更感恩于大雪纷飞过后多彩的阳光，铺就了我美丽的梦，执着了我遗忘的追逐。放开胸怀，拥抱向往，从此为曾经的梦披上坚定的光环。

2018年的第一场雪，渲染了我尘封已久的梦

梁家河，
一个人人向往的地方

　　延安，一座让千万人魂牵梦绕的圣地。梁家河，这个坐落在黄土高原上的小山村，已经不单单是一个旅游的地方，更是一种人们向往的精神。

　　曾读过诗人贺敬之的《回延安》，诗中"几回回梦里回延安，双手搂定宝塔山"多年来一直在我这个游子的耳边萦绕。又拜读过梁家河书记石春阳赠送的《梁家河》，在书中习近平总书记讲述"我人生第一步所学到的都是在梁家河。不要小看梁家河，这是有大学问的地方"。作为一个在外的延安人，我时时渴望回去感受这个令人着迷的地方，寻找毛主席等老一辈革命家的足迹，接受延安精神的洗礼。

作为延安人，每次归乡，都不忘去梁家河走走，虽然延安到梁家河还需要两个小时的车程，但是每次总想去看看这个给我力量与拼劲的地方。一次次切身感受到了习总书记当年带领群众修坝淤地、挖井开社、建造沼气的赤子情怀。每一次都会有新的感受，新的启发。

总书记是一个重情重义的人。在离开梁家河后，一刻也没有忘记梁家河的发展和父老乡亲们。1994年他在福建任福州市委书记时，得知梁家河的吕侯生右腿患骨髓炎久治不愈，专门寄了500元路费，让他去福州看病，病情好转后回陕北，又给了2000元。后来病情恶化，到太原截肢并安装假肢，习近平闻讯后支付了全部医药费，并嘱咐当地干部帮助照顾他。有一年村民梁耀才妻子生了重病，习近平得知后，寄来1000块钱。这些都是我经常听梁家河的乡亲们说的事情。

1993年，习近平首次回到了梁家河看望这里的父老乡亲，并于2007年、2008年、2011年和2014年回信梁家河村，表达了对乡亲们的惦念之情，鼓励乡亲们脚踏实地，真抓实干，把日子过得越来越红火。2015年2月13日，习总书记再次回到了梁家河看望这里的父老乡亲，并自己出资购买了米、面、油等物资，给乡亲们送去了年货，家家有份。

这一切，都表明我们的习总书记虽然人离开了梁家河，但是心一直惦念这里的山山水水和乡亲们。正如习总书记说的："陕西是根，延安是魂，延川是我第二故乡。"

总书记是一个心系人民，致力于人民共同富裕的人。习总书记

说："人民对美好生活的向往，就是我们的奋斗目标。"习总书记心中一直牵挂着困难群众所期望实现的小康梦。在梁家河村插队期间，他入党并担任大队党支部书记，在这里，他对中国贫困问题有了直观的认识和深刻的洞察。他之所以带领大家战天斗地，改造环境，就是希望大家脱贫，奔小康。这是他一直的梦想。在他主政河北正定县委书记和福州市委书记以及福建省委书记时，一直在探索扶贫的道路。当下的精准扶贫不正是习总书记全面实现小康梦的具体实践吗？

总书记在梁家河留下了魂，留下了根，留下了信念。我认为，每个人心中都应该有一处"梁家河"，因为她是一种精神。梁家河精神是在历史变迁中形成的，围绕梁家河精神所传播的知青岁月是鲜活灵动的，是感人肺腑的，更是引人深思的。梁家河精神需要怀揣信仰传播，需要实践传播，需要一代代青年继承传播，更需要在新时期下结合新思想传播。梁家河正如一位伟大的母亲，哺育着那个时代的青年，孕育出好知青好故事，而梁家河精神作为丰沛的源泉，将滋养万千青年；作为明亮的灯塔，将照亮有志青年前行的道路。

我人生的"梁家河"也许就是华百网，她是我人生的起点。我用自己的付出和努力，见证了华百网一步步成长的艰辛历程。这是我的人生选择，也是我的人生信念：别人所能负的责任，我必能负；我要用行动来诠释信念。

山那边

走进西柏坡，开启学习之旅

西柏坡词

西柏坡，太行小山村，河畔芦苇，坡上翠柏，远山近水清风。问故人在否？大院寂然，小院缄声。君不见，土布粗粝能修身，箴言千古受用。秋风起始，想起了岁月峥嵘，九月议军，济南城初攻，序幕一拉取泉城，耀武休矣，粟裕大将好威风。三军战辽沈，党国尽英雄，汉杰乏节，立煌逃遁，活捉了耀湘一群，谁比我四野英雄。徐州会战，淮海布阵。润之先生信任，刘陈邓联手，二三野结盟，横扫八十万大军。"美龄号"飞来，才知蒋公乱了方寸。看华北，百万雄师入关，一夜越长城。新保安强攻，一战一和取平津。天安门上易帜，宜生留下美名。遥想前年，延安撤出了，陕北转战，小河运兵，黄河吴堡飞渡，五台山风雪，城南庄有险不惊。天亮时分，雨过平山，赶考路上，众星拱北水朝东。中南海不夜，凯歌响彻北京城。

张志平的这首词就是西柏坡整个历史的真实写照。

9月，迎着秋日的朝阳，由太原市工商联副主席白建红带队，太原市总商会、太原市青年企业家商会的近50名企业家踏上了前往西柏坡的征程，开启了为期2天的学习之旅。很荣幸我也参加了此次学习之旅。

经过三个多小时的车程，我们顺利来到了我一直向往的西柏坡。先不说西柏坡的革命精神，单看西柏坡的自然环境和地理位置，就能看出伟人们的伟大智慧，真是让人可敬可佩。我们分为五个小组，我们的组长可是个大帅哥，也是年轻有为的企业家，在他的带领下，我们组顺利地吃完了午餐，在房间休息，怀着激动的心情坐等下午的开班仪式。

终于等来了两点半。开班仪式由晋美工商管理学院武燕肉老师主持，西柏坡纪念馆馆长助理赵福山先生代表西柏坡纪念馆对大家表示欢迎。

西柏坡纪念馆馆长助理赵福山先生进行了《缅怀领袖业绩 弘扬西柏坡精神》的主题讲座。赵馆长从西柏坡的群众基础、地理位置、经济基础三方面详细讲述了选址此地的历史智慧，并将领袖人

山那边

物的鲜活事迹贯穿其中，让我们深刻体会西柏坡精神。

晚饭后，我们自由结伴到周围的湖边逛逛，体会伟人生活过的地方。这里真的是原生态，走到人不多的地方，蛐蛐的叫声和偶尔飞过的萤火虫，真的有一种置身于大自然的感觉，夜风吹来，一种田间的青草味飘了过来，你可以可劲儿地呼吸这里的空气，再也不要害怕什么雾霾，什么空气质量。

第二天清晨，各位企业家们身着军装，英姿飒爽，意气风发出发了，今天的企业家们个个变身"红军战士"，真是心情激动。

十几分钟后抵达西柏坡。伴着庄严的国歌，全体人员在广场五大书记的铜像前，举行了庄严的敬献花篮仪式，在白副主席的领誓下，党员同志虔诚举起右手，面向党旗，重温入党誓词，郑重许下对党忠诚、永不叛党的誓言。

随后，我们在讲解员的带领下走进西柏坡纪念馆报告厅，观看了《新中国从这里来》，影片真实反映了中共中央在西柏坡领导土地革命、转战西柏坡、在西柏坡指挥三大战役、召开七届二中全会、北上赶考的场景，让我们切身体会到"新中国从这里走来"的艰难与骄傲。

在西柏坡纪念馆，一盏盏油渍斑驳的油灯，见证着一代伟人为革命胜利日夜操劳的身影；一张张破旧的军事地图，见证着运筹帷幄决胜千里的峥嵘岁月。大家的思绪仿佛被带回到那段腥风血雨的战争年代，无不感慨老一辈革命前辈开创新中国的艰辛与不易。在中共中央旧址，大家一同瞻仰了毛泽东、周恩来、刘少奇、朱德等老一辈无产阶级革命家的故居，中央军委作战室以及中共七届二中全会旧址，重走了当年的备战防空洞。回忆光辉革命历史，缅怀先辈丰功伟绩，也充分体会了当年环境的艰苦，深切感受到老一辈共

产党人谦虚谨慎、艰苦奋斗和开拓进取的崇高革命精神。

从报告厅出来，每个人都怀着对伟人的崇敬之心参观了中共中央旧址和各位伟人的旧居。讲解员依次为我们讲解了每一处旧居的历史故事。

董必武同志旧居

进入大院，大家首先看到的是董必武同志的旧居。1947年5月，董必武同志随同中央工委由陕北来到西柏坡，在这里工作、生活了近两年时间。

北房东屋是董老的办公室，西屋是董老一家的寝室，西厢房和南厢房是工作人员的住处。院里的海棠、杏梅、翠竹等都是当年董老和夫人何莲芝同志在工作之余亲手栽种的。

董老的生活非常艰苦，睡的是农家土炕，盖的是延安大生产时织的毛毯。他工作勤奋，还在工作之余参加劳动。在门前开荒种菜、种树。何莲芝同志早在延安时期就是纺线能手，曾被评为陕甘宁边区的劳动英雄。炕上的这架纺车就是何莲芝同志当年纺线用的。1978年，董老夫人何莲芝重返西柏坡，当她看到这架纺车时，情不自禁地再一次盘腿坐上土炕，深情地摇起了当年的纺车。

刘少奇同志旧居

刘少奇同志来到西柏坡后，近两年的时间里就住在这里。北房东屋是刘少奇同志的办公室，西屋是王光美同志的办公室。东厢房北边的小屋是刘少奇同志的秘书廖鲁言同志的住处；南边的小屋是朱总司令的秘书黄华同志的住处。

刘少奇同志生活非常简朴，他的办公室既是会议室，又是中央

工委的办公处。中央工委许多重要会议就是在这间屋子里召开的。

室内的办公桌、沙发、转椅等都是原物。

军委作战室旧址

当时这里的工作和生活条件十分艰苦，工作人员绘图、制表用的红蓝铅笔都是从敌人手里缴获的。为了节省铅笔，他们就用红蓝毛线在墙上这张军用地图上标图。1975年，特赦后的国民党第十二兵团司令黄维看到这四间小平房后，无限感慨地说，毛主席真是英明伟大，在这四间小平房里就把国民党的几百万军队给打败了，国民党当败，蒋介石当败啊！

毛泽东同志旧居

毛泽东主席是1948年5月26日来到西柏坡的，一直到1949年3月，毛泽东就是在这座普通的山村农舍里，为中国人民的解放事业日夜操劳。

这座普通的民宅分为前后两个小院。甬路西边有一个磨盘和一个猪圈，毛主席和朱德、少奇等领导同志，经常围坐在磨盘旁、楸树下研究战局。后来曾有人风趣地称为"磨盘上布下雄兵百万"。

这里是毛主席的后院，院子里的树木均是照原状栽种的。西房南边一间，是毛泽东的女儿李讷和保姆的住处；中间是家属住处；北边一间是毛泽东的书房兼资料室。北房东、西两间分别是办公室和寝室。办公室内陈设的办公桌、沙发、转椅、茶几等都是当年毛主席使用过的。毛主席的工作非常紧张，办公室的灯光总是通宵明亮。三大战役时，毛主席办公室的墙上挂满了军用地图，五位书记经常围坐在圆桌旁，研究战局。他们运筹帷幄之中，决胜千里之外。震惊中外的辽沈、淮海、平津三大战役的作战方针和各种文电、指示，就是从这里发出的。在这里，毛主席写下了许多光辉著作，仅收集在《毛泽东选集》第四卷中的就有20篇。

党的七届二中全会结束后，党中央和解放军总部准备迁往北平。毛主席把中央直属机关警卫部队的干部召集起来，语重心长地说：我们就要进北平了，我们进北平，可不是李自成进北平。他们进北平就腐化了，我们共产党进北平，是要继续干革命，建设社会主义，一直到实现共产主义。

1949年3月23日，毛主席和中共中央、解放军总部一起离开西柏坡迁往北平。

任弼时同志旧居

任弼时同志的旧居是南北狭长的小院，北房为东、西两间，东边一间是任弼时同志的办公室；西边一间是任弼时夫妇的寝室。西厢房北边一间是任弼时儿子的住所；南边一间，在九月会议期间，贺龙同志曾居住过。东厢房北边一间，是任弼时两个女儿的住所；南边一间是任弼时的机要秘书师哲同志的住所。

任弼时同志是1948年4月23日来到西柏坡的，他是五位书记中最年轻的一位。

室内床上一条破旧的毛毯，是延安大生产时织的，木箱、铁皮箱则是任弼时同志转战陕北来西柏坡途中随身携带的文件箱。

周恩来同志旧居

北房东边靠前的这个房子，是周恩来同志的办公室；靠后的两间，东边一间是邓颖超同志的办公室；西边一间是他们的寝室。西厢房南边一间，是军委作战部部长李涛的住所。

在大决战的日子里，周副主席的工作常常是通宵达旦。办公

山那边

室东墙上悬挂的照片就是他工作时的情景。周副主席考虑问题极其精细缜密，为毛主席部署各个战役提供了准确无误的军事资料和数据。

寝室里的书架是周副主席当年用过的。当时为了行军方便，特制了这个书架，合起来是三个箱，展开便是书架。邓颖超办公室桌上放着的交直流两用收音机，是许昌战役的战利品，是陈毅同志赠送的。

朱德同志旧居

这三间窑洞式的屋子是朱德同志的旧居，是中央工委自己动手建造的，准备让毛主席住。毛主席觉得朱总司令上了年纪，就让朱总司令去住。朱总司令于1948年1月，从刘少奇的前院搬到这里。

窑洞西间是朱总司令的办公室，中间是会客室，东间是寝室。

朱总司令办公室里陈列的办公桌、转椅、电话机和书籍等，都是当时的原物。

七届二中全会会址

这间南北狭长的小土屋是七届二中全会会址。1949年3月5日至13日，党的七届二中全会就是在这所房子里召开的。这里是中央工委自己动手建造的大伙房，开会时临时布置成了会场。前面的长桌是主席台，主席台两边的方桌是记录桌，后边墙上挂着敌我战略形势图，是向大会进行汇报时用的。

为期两天的培训结束了。各位企业家收获满满。返程途中，太原市工商联组织各商会代表分享红色教育活动感言，各位企业家都纷纷发言。尤其是太原河北商会王云江书记已年逾古稀，却仍然激励大家共同践行西柏坡精神。

在嘹亮的"没有共产党就没有新中国"的歌声中，我们圆满结束了红色圣地学习之旅。

这一次西柏坡之行，不仅仅是一次旅行，更是让我们重温红色经典，回顾革命历史的心灵洗礼，让我们在心灵上和思想上得到一次深刻的升华，大家纷纷表示，要大力弘扬西柏坡精神，坚定理想信念，不断创新创业，努力把企业做强做大。

山那边

有一种光，叫作黄昏

多少个日子没有出去走走了？多少个日子没有社交应酬了？细细想来竟有些时日了。记得年初后忙于各种社交，各种活动，各种出差，几乎没有坐下来写东西的闲暇时间。

还记得最后一次离开这个城市是友人来聚，才忙里偷闲去五台山小居了两天，散了散心。

今天，终于放下手头的工作，在天色渐渐暗下来的时候独自踱着步子，懒散地在一汪湖水边，静静地欣赏着黄昏的风景。恼人的愁绪也就渐渐消退了，心中掠过一丝惬意。那是盛夏黄昏来临时的凉风。

从未觉得北方的天气也有江南那般软润的感觉。轻的像风，薄的似纱，但竟是实实在在地存在于我的感觉中。金黄色的光线从枝隙间穿过高耸的楼宇，洒在脸上，便是一片舒心，一片阑珊。独依斜栏，看着一排排的飞鸟从夕阳尽头渐渐地飞来，落在弱柳斜枝上，引的群鸟共鸣，百鸟离枝，齐步归巢，便是到了黄昏最浓的时候了。

借着黄昏里的那一缕光，沿着河面的轮廓轻游慢走，河面像一面镜子，恬静淡然，净洁澄明。当真是"天连秋水碧，霞借夕阳红"，贴切到了极致！

这个时候岸上的石子像镀了一层黄铜似的，闪着幽幽的光辉。大大小小的洒在两岸，多么像九天玄女抛在人间的宝石！

我出于懒惰，并没有多走。也因喜欢在这迷人的光线中窥视着尘世的光彩。生怕光线会随着身子的移动而消失不见，便站在一处，远远地向它瞭望、遐想。

河面上渐渐出现一层层浅浅的湖波，一次次地打在石子的半腰，又退了回去化成一圈圈的波纹，一处是波光粼粼，一处是熠熠生辉。

风轻轻地拂过，夕阳退去，天色渐晚，接近黄昏。城市里的路灯亮了。我欣赏的，便是夕阳退去，但路灯还没有亮之前的那一种光，我把它称为黄昏的光，这种光是独一无二的，这种光带给我的感觉也是独一无二的，似倾诉，似告白，似希望，更确切地说，好似黑暗后的黎明，好似人生中拥有的那一丝丝的希望，总能让你拼尽全力伸手去抓。

又是一年雁南飞

雁南飞，雁南飞，

雁叫声声心欲碎，

不等今日去，

已盼春来归。

　　一念秋长，一念秋短，北方的天气已经随着绵绵细雨转入深秋，双节过后，寒冷的感觉越来越明显，让人走在路上不由得打个寒战。许是因为寒冷的缘由，指尖下的文字无意流出来淡淡的忧伤。或许，这样悠悠的心境是那心中某些执念的小固执。走了心，上了念。

秋风起兮白云飞，

草木黄落兮雁南归。

雁南飞，雁南飞，且待春来归；春来归，春来归，你在思念谁……

其实，自己原本是一个寻求心灵宁静的女子。有时，听着一首忧伤的曲，看那风中吹落枝头的黄叶，也能渲染一颗善感的心。有时，站立窗前遥望远方，看那一架架升降的飞机，便会想起他乡至亲至近的人。

雁南飞，思念愈重。

雁南飞，我在思念谁……

"云中谁寄锦书来？雁字回时，月满西楼。"长长的信里，藏着彼此的牵挂，彼此的思念，彼此的关心，彼此的依靠。

当我们独自一个人降生到这个世界上，最后还得独自一个人默默地从这个世界消失，化为灰烬，化为尘埃。

来时一无所有，去时两袖清风，留给世人的只有浅浅笑谈而已。世人口中所说的地老天荒，也许只是个意念吧！谁能知道，谁又是谁的谁？但地老天荒沧海桑田的诺言，却真是让人迷醉啊！不知何时，喜欢上了文字，喜欢上了文字中那份独特的美。独爱那份文字中宣泄的一份生活感悟和情感。默默地书写，有时也悲情于自己的文字中，亦哭亦笑。品一杯红酒，心中那种洋洋洒洒的感觉全表露于文章的字里行间。

百年人生一过客，雁叫声声心欲碎。

人生如梦，繁华转头尽成空，短短百年，我们不过是这百年人生的一名匆匆过客。我们的人生无论是苦辣酸甜，无论是喜怒哀乐，也无论是成功失败，我们依然是我们，日子照旧，晨起暮落。所以我们要学着用美好的心态去面对千变万化的人生。选定目标去努力，就会发现我们的脸上慢慢洋溢着温暖的笑容，我们的心情也会每天慢慢地变好，更会慢慢地感受到这个世间其实真的很美好。

雁南飞，因为南方的召唤，

循着一个约定的指向，

遥远而坎坷的路途，前行。

雁坚挺的翅膀，

展翼，勇往直前，

掠过，一片又一片哭泣的芦苇。

雁南飞，

永远也飞不出岁月的离合与伤悲……

又是一年雁南飞

五台山，不一样的心境

　　五台山，既是国家5A级旅游景区，又是佛教圣地。五台山乃文殊菩萨教化众生的道场，峰峦叠翠，嘉木葱茏，野花烂漫，清泉遍地，伽蓝寺宇，散布其间，被誉为"人间第一清净地"。每年四方信众缘聚佛国，顶礼供养大智文殊师利菩萨。我相信很多人来五台山的目的不仅仅是简单的旅行，而是怀着虔诚的心前往。

　　对于我而言，每次到五台山，除了迷恋那里令人神往的风景外，更想在这嘈杂的人世间寻找一席安静之地，暂时忘记复杂的人情世故，放空大脑，找到灵魂的皈依，寻回初心，遇见更好的自己！

　　每次到五台山，都是上午抵达，下午返程。而这次，我们决定住下来。炎热的夏季，这里便是极好的避暑之地。搭档说："这里才是人居住的地方。"而我却觉得这是一个适合于心灵栖息的地方，也让我相信在这个喧嚣的城市里，依然有可供心灵休憩的地方存在。

　　夜晚，听着悠远的钟声，吸着佛门的香味，看着窗外的星星，想着：这片天空上的星星是不是也与佛结了缘？

　　此次进山，我们的目标就是黛螺顶。因为这次不需要赶时间，一路上，我们走走停停，一边爬山一边尽情地享受这身边的美景。这里的风景不同于其他地方，除了美之外，更多了佛国的神秘。

　　路程漫长而艰辛，心境则更辽远而宁静。

　　一路上，伴随着我们的是头顶的云朵，那云好柔、好美。在湛蓝如洗的天空下，那飘浮着的朵朵灰白相间的云彩，不停地变幻着、肆意地流淌着。那蓝天很高、很深远，像深邃无际的大海；那云朵很低，仿佛你伸出手去，就可以随意采摘一片回来。一路上，总是会有一些挥之不散的幻觉；总是会有那么一瞬，感到因时空的阻隔，渐渐地置身于世外桃源。

　　登黛螺顶的路途中，好多次都被身边的香客感动，一步一个台阶跪着爬上去。我突然感觉到人性的善良，可以用最真挚的感情来体现。说是旅游，其实每个人都是带着虔诚的心来祈福的。

　　登上黛螺顶，放眼四望，群山环抱，白雾缭绕，郁郁葱葱的草树，若隐若现的寺院，尽收眼底，令人心旷神怡。暖暖的阳光轻抚着我们，我的心情豁然开朗，一扫往日的不快乐。

　　古老寺院让人心神清净。在这样的场合，杂念少生，也许这

五台山，不一样的心境

就是信仰的力量，你所信奉的神明，在你诚心的状态中会给予你力量，神明就如你内心最久远的动力，让你的诚心得以在现实中兑现。每个人心中都有一座五台山，而我心中的五台山是一种安逸闲适，与世无争的心灵净土。

五台山优美的环境、动人的传说，数不尽的名胜古迹，倾倒了多少文人墨客，为之挥毫；也惹得无数中外游客流连忘返，拍照留念。我们也频频按动快门，留下一个个难忘而永恒的瞬间。

即将返程，在圣地倦卧片刻，感受圣地无穷的博爱与厚实，感悟生命的存在与意义。有智慧的人，多一点精神的享受；有福报的人，多一点物质的快乐。人生的完美，就是在不断地弥补自己的缺陷。

山那边

走在夜色中

  在繁忙的奔波后，终于迎来一个安静的夜晚。阅读着别人的心情，快乐的很少，悲伤却来的很多！突然觉得有点忧伤起来，就好像自己站在一个地方，观看远处的风景，一不小心，自己却成了别人眼里的另外一道风景。

  这几天忙忙碌碌，一直在火车上度过。最让人无奈的，不是误点，就是买错票，总是在紧张刺激中刚好赶上车，简直就是心跳加速地玩过山车。终于能在返程的途中安静下来，理理自己的思绪。

  可是，思绪散乱，剪不断，理还乱。听着火车音响里传来的忧伤音乐，思绪万千。好想用言语来表达出来，只可惜我笨拙的文字无法表达此刻的心情，更不会用那华丽的言语来表达自己的内心。我想，此时此刻，对于目前的我来说，所听到的是世界上最感动的音乐吧！

我渴望安静，喜欢安静，想找一个安静的角落，静静地生活，仿佛世界上一切都停止了。曾经想丢开一切，一个人去流浪，可是我考虑得太多太多。现实生活令我很是无奈，却不得不面对，不能逃避，也无法逃避，想尽方法让自己学会，让自己融入进去。结果发现，自己还是那样不合群，永远也不懂现实的残酷，残酷中的规则。即使无数次被现实"套路"，我依然还是不想失去自己的良知，只有心中痛苦无比。

是啊，时间会淡忘一切，变化是永恒的主题。只有在寂静的夜晚，我才能找到属于自己的世界，一个属于自己的梦幻王国。在这个王国里，我可以说我想说的话，做我想做的事，写我想写的东西。所以，我沉醉，我迷失。我愿意摆脱所有的一切，做回一个真实、自然的自己！

山
那
边

运动，带走我记忆里的忧伤

　　记不得曾经在哪本书中看到过这么一段话："女生和自己的身体相处，很像谈恋爱，你不知道你的身体什么时候背叛你，但你永远不能放弃它，你需要用耐心、包容、痛苦的过程，来成就最后的美好，这个过程的名字叫运动。"

　　突然间想起五月份和夏总打高尔夫后心血来潮网购的羽毛球拍，不知不觉在办公室的一角已躺了整整一个月了。今晚看到外面没有风，而整整一天的工作又让人感到头昏脑涨，于是和搭档芸卿姐姐一拍即合，来一场不正规的羽毛球比赛。

其实，学生时代我也是个爱运动的女生，后面忙于生计，就慢慢地疏远了运动，但是我一直欣赏爱运动的人，那些爱运动的人们，就像我们华百网第16期的"封面达人"夏云波一样，有着健康的体魄，更有着昂扬的精神。从一开始，夏总给我的印象就是活力四射，爽朗大方，自信从容，不做作，不矫情，全身都充满了正能量。今年仅有的几次运动，也是受他的影响。

今天最正确的选择就是打了一场痛快的比赛，大汗淋漓，全身都湿透了，但是心情却越来越顺畅，大脑也渐渐地清晰了起来，把那些曾经不愉快的人和不愉快的事统统遗忘在脑后，此刻什么也不用想，就这样让汗水洗刷那些忧伤吧！

2018，可以算是我的一个坎吧！很多事情只进行到一半的状态便戛然而止，再也发不出一丝声响。那么偶尔的、突如其来的难过，会不会也在只进行到一半的时候就突然溜走？一个人努力坚持着，坚守着自己的做人底线和信仰，固执地走在看不到尽头的漫漫长路上，不回头，不停留。

白色的月光，黑色的人心。当白色逐渐衍变成一片漆黑，当我不再是那个坚强的我时，我选择沉默，一个人独自享受小丑般的孤独。

人啊！一旦把曾经的承诺放进时光里搁浅，就一定会被偷窃掉一些细枝末节。时钟滴答地走，每一秒都在遗忘。有些东西在旁人眼里才看得清，被放大的细节以及我的忽略，被缩小的困窘以及你的冷漠。都没说重复的曾经，都没提内心的感触。每个人的小小心情，可以陪自己走过一段忧伤记忆。记录下这些小心情，不是怀念曾经的你，而是怀念曾经自己的付出。你把那些所谓的不是理由的理由，说得清楚明白又堂而皇之。

山那边

刷新网页只需要几秒钟，刷新一段忧伤需要多长时间？几秒钟、几分钟、几小时、几天、几月、几年抑或一辈子？

昨晚，在梦中，我在沼泽地挣扎，越挣扎就陷得越深，只是想上岸。强烈地想要爬起来，谁来拉我一把，挣扎太久了。再也没有多余的力气来与之抗衡了。谁的手伸了出来，又缩了回去。视线开始变得模糊，头也越来越沉重。前面是谁站在那里，带着一抹微笑看着我，模糊的视线看不清⋯⋯

人们说，梦是现实的真实反映，也许吧！也许这就是我的现状。但是，今晚的运动，让我更加坚定了要放下忧伤，放下那些缥缈的寄托。就像我上次采访一位小姐姐时她说的，人要有"空杯"心态，她指的是虚心学习。而我在这里的用意是我们对事业的态度，不管曾经自己被别人捧到了什么高度，或者是自己认为自己已经到了什么高度。今天，我必须放下一切所谓的高度，从零开始，以"空杯"的心态，脚踏实地一步一个脚印地做我们的事业。不要把希望寄托在别人的身上，更不要迷失自我。再难，也要走下去；再苦，也要靠自己⋯⋯

时间煮雨，我在等你

（一）

有些人一旦<u>遇</u>见，便是 眼万年；

有些心动一旦开始，便是覆水难收。

繁华的大街上，人头涌动，于众人之中他看到了她。"最近有时间吗？见个面，喝杯茶，穿上那双红色的高跟鞋吧！"

叶晗以为自己已经忘记了的那个人。他依然那么霸气，那么高傲，容不得别人反抗，命令一般让自己的想法滔滔而出。

雨纷纷地飞落，叶晗的思绪飘到了十年前。那年她大二，顾城却是面临毕业的大四。毕业那天，顾城送给她一件漂亮的礼物。她不知道他跑遍了那个城市的大街小巷，在一个旧巷子的拐角处，找到一家鞋店，在那里为她买了一双红色高跟鞋。这家鞋店即将拆迁，东西不贵，质量却不错。

叶晗穿上它，瞬间把她的气质衬托得恰到好处，宛若江南走来的那个撑着油纸伞的丁香女子，眉宇之间还散发着淡淡的忧伤。顾城见了身穿高跟鞋的叶晗，不停地夸赞："这气质，美极了！"

叶晗很喜欢这双鞋，这是她穿的第一双高跟鞋，而且是顾城送给她的，心里很暖却也很担忧，犹豫再三，最后还是说出了她的担忧。

"你毕业了，我们的爱情怎么办？"

"我养你呀！"

"不要你养。"

其实，叶晗心里很清楚，顾城比她高两届，自己要赶上他，现在就得好好努力，为他们的未来做准备。

（二）

顾城毕业后上了一年班，说想和几个哥们一起创业，叶晗很支持他，还特地买了一个很精致的小本子送给他，让他随时随地记下自己的想法。创业失败后，突然有一天，顾城跑来告诉她："晗儿，我要去大上海发展，这个城市太小了，你等着我回来接你。"和以往一样，他的话不允许她有半点的质疑。后来，他走了，再后来，就听不到他的音讯了……

两年后，叶晗毕业了，离开了那个再也没有温度的城市，回到了自己的家乡，找了一份稳定的工作。在这里。叶晗安静薄凉亦如从前。很多同事和长辈都说要给她介绍对象，她都是莞尔一笑："再等等吧。"

后来的后来，听说顾城结婚了。

时光荏苒，叶晗也终于完成了父母的心愿：为人妻，为人母。她和丈夫是通过相亲认识的，他普通的长相，普通的工作，没有花前月下的情调，也没有浪漫的甜言蜜语，却倍加珍爱她。总是那句："我的任务就是把你养胖。"丈夫所谓的爱，就是别人担心你会胖，他却担心你没吃饱。

平静安稳的日子一天天地走过，顾城于叶晗而言，是记忆里永不能触摸的伤。现在的她习惯了只闻花香、不谈悲喜、喝茶读书、不争朝夕的日子。只愿阳光暖一点，再暖一点，日子慢一些，再慢一些。素日里与同事关系融洽，朋友之间也时常联系，再也不是以前的那个追求激情的女子了。

而那双红色的高跟鞋，一直被叶晗藏在箱子底下，如今早已沾染上了岁月的灰尘。

（三）

如果不是那天遇见顾城，叶晗一定会满足这样的生活到老。也许，叶晗的内心根本就没有抚平，只是搁浅。当顾城的影子重新出现在她的世界里，她平静的心依然会泛起涟漪。

见到顾城，一切的设想都是枉然，却自然到像是亲人见面。他西装革履，风度翩翩，多了几分成熟和稳重，眉宇间淡淡的细纹，有了男人的沧桑美。顾城见到叶晗的第一句话便是："晗儿，你比以前更美了，多了韵味。"

山那边

顾城告诉叶晗，他结婚后一直感情不和，后来以为随着孩子的到来会缓和紧张的关系，没想到却是愈演愈烈，去年离婚了。这么多年以来，他一直念念不忘叶晗。最后一句话让叶晗的心幸福地跳跃着，仿佛爱情又如从前般明艳，可她却忘了顾城走的时候，那深深扎在她心里的针还未拔出，也许早已随着他的回来融化在骨髓里了。

顾城拿出了当年叶晗送给他的那个小本子时，叶晗很是吃惊：她没有想到过了十年，这个小本子还会完好无损地出现在她面前。两行娟秀的字迹依然那么醒目：你赢，我伴你君临天下；你输，我陪你东山再起。

一路上，顾城的眼睛总盯着叶晗的那双红色高跟鞋看，一点闲暇的余光也不留给其他的风景，自然也没有注意到侧面踩着滑轮飞驰而来的小孩，叶晗为了躲过小孩子，一个踉跄，高跟鞋踩歪了，弄痛了她的腿。只见顾城急忙扶起叶晗，连声遗憾地说："可惜呀，高跟鞋坏了。"可是，他却不知道叶晗的腿此时真的很疼。

（四）

叶晗一瘸一拐地回到家，打开门，丈夫迎面而来，看到她的样子，心疼地说："脚怎么崴了？"她坐在沙发上，褪去丝袜，看到了白皙的小腿上，分明红红的血痕，而且还不断地在向外渗血。丈夫替她用热水洗脚，一边处理着伤口，一边嗔怪地说："以后晚上出去，别这么爱臭美了，穿上运动衣和运动鞋，安全舒服！"这时候她才发现，原来他的手也可以很轻很柔，而且还如此细致，而她自己一直认为他是个粗俗的人。

擦完脚，丈夫扶她走进卧室。推开门的那一刹那，丈夫给了叶晗一个大大的惊喜：梳妆台上一枝百合花被一大束红玫瑰包围着，在灯光下那支白百合被红玫瑰衬托得那么耀眼。其实，刚才在洗脚的时候叶晗就想问丈夫知道今天是什么日子吗？可是一想到丈夫本就不是那种懂得浪漫的人，又怎么会记得今天是七夕呢，便把话咽下去了。看到这娇艳欲滴的红玫瑰，她才觉得原来丈夫也是懂得浪漫的，只是不爱言语表达罢了。

有一段时间，叶晗不再穿那双高跟鞋。慢慢地，腿上的伤痕也完全愈合了。

后来丈夫出差的时候，为她买回来一双高跟鞋，当她重新穿上高跟鞋的时候，大家都说很美很有气质。

如今，落笔成伤，凋零在指尖的不是往昔的身影，是初遇时心底开出的那朵最美的夕颜。在孤单的流年，摇动经轮，不祈求永如初见，只想摇来有人翘首而望的一叶小舟，与你枕香共眠，了却世间所有的离情别怨。可是，岸边没有你的翩跹，瞬间，你的身影还是如此悠远。

那夜，叶晗自己一个人在江边散步，摇曳的灯光下，风，缓缓从江畔拂来，盘点岁末流年，心情荒凉，但有些思念，注定要画上句号。因为，拥有的才是最真的。眺望渐行渐远的天边，追逐清风拂过的痕迹，寻觅你旧日的容颜，把你曾经的许诺，飞跃于天涯海角。

山那边

其实，
我不是一个会讲故事的人

　　记得从小学五年级开始，就坚持每天写日记，一直到大学毕业。越来越多的朋友会经常问我："每天写文章是为什么？感觉跟故事一样！"我只能笑笑作答。确实，每天夜深人静的时候，脑海里千军万马在奔腾，总有一种呼之欲出的欲念。或许这些文章都只是诉说心中的不满与愤怒，诉说我每天的所见所闻。不过还是要说一下，我并不是一个会讲故事的人，我只是喜欢把自己的经历和想法写出来而已。

　　其实，我不是一个会讲故事的人。为什么如今这个社会穷人越穷，富人越富，因为我发现很多人的思想已经固定却不知道去改变，我不敢对别人妄加评论什么，我仅仅是从我自己的角度和出发点来辩证我的观点。你为什么会穷，因为你没有野心，包括我自己目前就是这样。没有了野心，或许你一辈子都不会有出息；曾经我以为自己找不到一个自己喜欢的平台，心无法沉静下来。那个空有的灵魂就像孤魂野鬼一样，只能在深更半夜出来眷恋这个不属于自己的世间。

试想想，你为什么没有成就，因为你对自己不信任，不相信自己能将不可能变成可能。这就是我某一本日记本的某一页的自我反省。

其实，我不是一个会讲故事的人。为什么这个社会撑死胆大的饿死胆小的，环境难道连你的野心都吞噬了吗？你为什么没有野心？因为你出生在农村，你没有经历过人与人的对比；你为什么没有野心，因为你连学习的思想都没有了，你曾经觉得自己再也不想啃书本了，可在某一天听同学讲她老公天天啃书，而啃书的原因虽有点奇葩，但是我却接受了这个奇葩的原因。

"书中自有黄金屋，书中自有颜如玉。"在你觉得自己不得志的时候，你应该静下心来好好地沉淀自己，学习学习再学习，提升自己，终有一天你会学有所用的。这就是当你的才华还撑不起你野心的时候，你就应该静卜心米学习，哪怕生活再困苦，你也不能不学习。你为什么没有野心，因为你不敢想更不敢做；因为你害怕失败，更害怕失败后所带来的家人和亲戚朋友的谴责。

其实，我不是一个会讲故事的人。我不知道我为什么会不得志，我只知道我在试着改变自己并不断地提升自己。

其实，我不是一个会讲故事的人。我没有高傲的背景做支撑，

山那边

只有弱小的背影在不停地前行。

其实，我不是一个会讲故事的人。我只是拥有满腔的工作热情和创业的激情，成功似乎不愿在短时间内光顾我，但是没有关系，我依然会不断地充实自己，为那一天的到来做充分的准备。

其实，我不是一个会讲故事的人。我讲的只是自己的经历和自己的现状，或许我还很稚嫩，或许我还不够强大，但是至少我在不断地学习，不断地寻求机遇，不断地发现属于自己的平台。

其实，我不是一个会讲故事的人

爱是一种承诺

　　记不得是从哪里看到的这句话：如果你不爱一个人，请放手，好让别人有机会去爱她。如果你爱的人放弃了你，请放开自己，好让自己有机会去爱别人。这话直白但很有道理，也从一个侧面教会了人们如何对待情感。

　　有的东西你再喜欢也不会属于你，有的东西你再留恋也注定要放弃，爱是人生中一首永远也唱不完的歌。人一生中也许会经历许多种爱，但千万别让爱成为一种伤害。生活中到处都存在着缘分，缘聚缘散好像都是命中注定的事情；有些缘分一开始就注定要

失去，有些缘分是永远都不会有好结果。可是我却偏偏渴望创造一种奇迹。爱一个人不一定要拥有，但拥有一个人就一定要好好地去爱他。话说着容易，可一旦做时就真的很难，不信你试试。如果真诚是一种伤害，请选择谎言；如果谎言是一种伤害，请选择沉默；如果沉默是一种伤害，请选择离开；如果爱是一种伤害，请不要靠近。可是好多的情况下并不是如此，因为不由你选择。

如果失去是苦，你怕不怕付出？如果痴迷是苦，你会不会选择结束？如果追求是苦，你会不会选择执迷不悟？如果分离是苦，你要向谁倾诉？好多事情都是后来才看清楚，好多事情当时一点也不觉得苦，然而我已经找不到来时的路。

有一种爱，明明是深爱，却表达不完美。有一种爱，明知道要放弃，却不甘心就此离开。有一种爱，明知是煎熬，却又躲不掉。有一种爱，明知无退路，心却早已收不回来。

爱情不是游戏，因为我们玩不起它。爱是真心付出，要忘记真的做不到。不管归处将是哪里，我想都该在心底留有一份纯真的美好。从来没有轻易对别人动心，突然发现自己深深地爱上了你，那种滋味真是难以用言语表达。是喜悦？是悲哀？你叫我忘记，难道爱说收就可以收得回吗？可以的话也不叫爱了。

也许我没有足够的勇气面对现实的残酷，那么什么是勇气？是哭着要你爱我？还是哭着让你离开？估计那时谁也没有一个正确的答案。

香烟爱上火柴，就注定被伤害。不要轻易说爱，许下的承诺就是欠下的债。老鼠对猫说我爱你，猫说你走开，老鼠流泪走开，谁也没看见老鼠走后猫也流了一滴泪。其实，有一种爱叫作放弃，还有种爱叫作承诺，一路到老的承诺。

爱是一种承诺

春风十里，不如你暖

　　我心深处有一所小院，恬如静斋，绿意葱翠，繁荫点点。当我倦于尘事的繁忙，便会蜷缩在这所小院里，听风吹绿叶动，看彩蝶花上舞，尝自己种的果实，实在是一种独特的、清新的享受。徘徊在花池边，静静地沉默在一种质朴和空灵的思维里，感受着困惑和激动，品味着自然与本心，更是一种难得的惬意。

　　犹记初相见，你一脸笑意，温暖得像窗外三月的春风。连额上的细小皱纹，都生动明媚。你温暖的眼神看过来，那么慈祥，那么平和。我不敢多看你一眼，在我的心里，你是那么的令人敬佩，却在只看你一眼后笃定地相信，你就是那个给我心灵温暖的人。

那天，阳光一直洒落在我的肩头，与你的交谈中，暖意从心底升腾，弥漫着淡淡清甜的芳香，来自春天里最自然最淳朴的气息，在我身边紧紧环绕。此时此刻的我，是安静的，是舒心的，更是恬静的！这一缕缕倾泻而注的阳光，仿佛纠缠的藤蔓，在我的身体里，缠绕着，璀璨着，把我带进了一个梦幻般缥缈的奇特世界，让我看到了一线光芒，带有希望的光芒，那是永远的光芒。

很想就这样沐浴在你温暖的笑容里，你的笑容就像这春天的阳光。那淡淡的、阵阵的花香，似乎要把我唤醒。在梦中，我惊喜地发现，一朵朵红艳艳的花朵在明媚地争艳绽放。柔和的暖阳洒落在花朵上，映出晶莹璀璨的光泽，轻轻唤醒着我的梦想。很想将这份美丽的意境，拥入怀中，想将朵朵芬芳灿烂的花蕊，捧入双手。可当我睁开眼睛，这才发现，原来初春的三月，百花齐放还没有出现。这大概是你温暖慈祥的笑容给我的错觉吧？可我感觉那天的的确确是春风阳光，像初春的嫩苗，充满了激情，充满了希望！

你那温暖的一眼，似暖阳沐浴，春风轻抚，春雨滋润，心暖了，体润了，这一切的一切让我感动着。是你暖暖的教诲，唤回了我昔日的梦境，在这一刻，我放下了工作中所有的压力与彷徨，放下了生活中所有的不顺与失落。心，在柔和的春风里，在温暖的情怀里，就像沉浸在爱意浓浓的怀抱里。一切都是那么安静，这对我来说已足矣！

人生若只如初见，浮沉繁华，不过过眼云烟。我只在红尘中争渡，以启航的心灵，以不弃的梦想。哪怕只是一朵浪花，亦奋勇向前！

春风十里，不如你暖

一身尘埃，无处等待

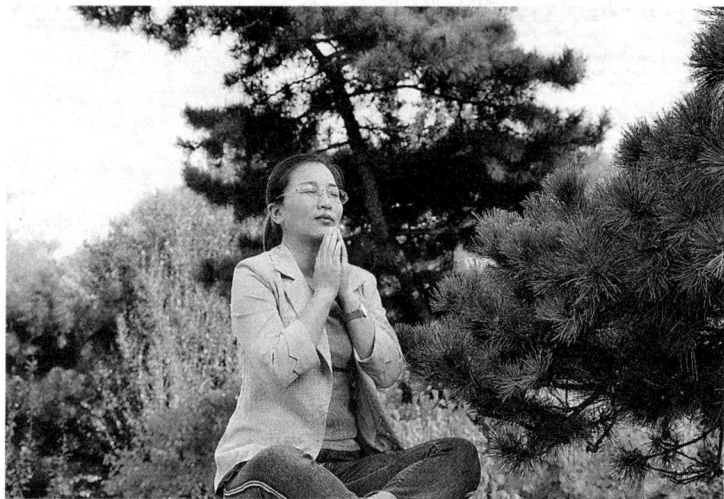

　　一身尘埃，无处等待。满心空怀，情深却似海。生来无一物，笑看菩提花开。

　　人生于世，或顶天，或立地，从无浮云半生，却卧十长眠。盼望前世生命中的良人，便是我今生苦等的知己。盼望一个生命中的良人，所以梦中总是有你。

　　风轻轻地吹过，树儿长出绿叶，花儿竟相绽放，天空蓝蓝，白云飘飘，阳光明媚，洒向人间，整个世界和暖而明亮。

　　仰望你的天空，总能掏空我的梦。望着你的潇洒，总能凌乱我

山那边

的脚印。也许前世我在奈何桥上苦苦等待，为的就是和你再续今生缘，无奈你悄然喝下孟婆汤，今世再也无法想起我，你于我便成了永久的等待。

这世界，没有永远，也不会有不变容颜。前世的我们，在人间邂逅，你却从不曾挽留。今生我便一个人行走，一个人守候，一个人读懂天长地久。

岁月蹉跎，就因你前世喝下了孟婆汤，今生我们便错过，错过了鹊桥渡银河，错过了双蝶舞婆娑，错过了奔月泪嫦娥。心太柔软，却笑得阳光灿烂。虚假的生活，琐事太多，真正的快乐，你又何曾享受过？

看清自己，总比看轻别人更有意义。不要去惊扰凡尘旧事，没有人注定会为你繁华落尽。不要试图去感动曾经，我们都在岁月的河里流浪。接受现在，把忧伤掩埋，让欢笑盖过悲伤，让喧嚣带走孤独。我们都在掩饰，又何苦强颜欢笑？

与其执着于心，还不如多听听自己的声音。也许你正在我的面前经过，那是一种痛入灵魂的折磨。我绝望，但却希望。没有人看见，也没有人听见，你站在那儿，永远地站在那儿，直至我的生命彻底融入尘埃时，我的人生才开始了真正的落定。寥寥寂寞城，灯火梦里焚烧，仗剑天涯，从此，我不再是断肠人。

尘埃枯去，筑明镜为高台，从此，让爱，不再惹上尘埃；让心，不再苦苦地等待。

曾因一座城，邂逅一个人

　　每个人心中都有一座城，城里面住着自己最爱的人。安知晓在《亿万老婆买一送一》中写道：

　　　　因为一个人，喜欢一座城，

　　　　我愿用一生，许你一座花开不败的城。

　　而我却因为与山西的渊源，邂逅了懵懂的初恋。

　　"山西"这个词，在我很小的时候就有了很深的印象。它并

不是一个多情的地方。但是，不多情的山西同样有着属于自己的温柔，待月西厢下的那缕暗香，天上人间的儿女情长……这些散落在山西记忆深处的爱情传说，像一条隐藏在太行山中如梦如幻的黄河水，静静地划过岁月的胸膛。

从我踏进山西地界的那一刻起，一待便是五年。五年，足可以沧桑一个人的青春，而我却在五年中深深地爱上了它五千年厚重的历史文化，像浑浊的黄河水在身边流淌；贫瘠的黄土坡上，酸枣树摆弄出那万种风情。

而爱恨那个人，只因那座城！

（一）

还记得高二的那段时间，我天天钻图书馆研究山西。而那一天的那一刻，你就那样突兀地出现在我面前，微笑地看着我，感觉是已经认识几万年的老朋友。

那时的你拿着一本《山西通史》，眼角不经意地瞥我一眼，而我却因为你拿的那本书，把这些细微尽收眼底，暗存于心。

之后的那些天，我们理所当然地成了可以海侃的好朋友。我知道了你是我的学长，更知道了你和我一样喜欢文学。嬉笑打闹的日子里，时间像流沙般滑落，而我们竟毫无知觉。以为，那时的我们依旧年少，依旧还有大把的时间供我们去挥霍。

那时的你喜欢叫我丫头，却让我叫你哥。你从来都不知道，哥这个称呼在我心中，占有多么大的分量，直到如今，我依然不知道如何去形容和比喻。

（二）

依旧记得那年夏天，你离高考的日子越来越近，而我们每晚都会拿着书，带着你的小型录音机（那个时候很流行这样的录音机）在操场上一边漫步一边背各种公式定律。走累了，便找个安静的地方坐下来背靠着背各自安静地看书。你说丫头听这个歌，然后不由分说地塞一只耳机在我耳朵里，我一听却是李阳的"疯狂英语"，我抬起头在昏暗的灯光下狠狠地瞪你一眼，你忙说，放错了，然后快速地换了磁带。那是我第一次在那么安静的夜幕下，屏气凝神地听那首《表白》，我讶异于你这样知晓通史而稳重有深度的男生，竟然还喜欢这么摇滚的歌曲。之后的你说了什么我不记得了，后来又赶过来一起玩的同学说了什么我也不记得了，我只记得你说喜欢这首歌是因为里面的歌词。

在那样安静而激动的夜里，走在有着昏暗灯光的操场上，你在我的左侧滔滔不绝地讲着我喜欢的山西的人文地理，风土人情，你讲得那么地动听，我就像在听一段历史悠久的爱情故事，而不是别人眼里难懂的人文地理。后来你曾告诉我，那时的你是自豪的，为你是山西人而自豪。你还用调侃的语气告诉我山西人也叫"老西儿"，还给我讲了"老西儿"的来历。

那晚，你笑得欲言又止的样子。而我，却因为你讲的那座城，让我充满了幻想。

我想说，从你拿着《山西通史》的那刻起，我就已经心动了。

（二）

现在想想，那段时光才是我最值得珍惜的幸福时光。

你总是以哥哥的身份护着我，关心着我。对了，后来你说其实一直在偷偷欣赏着我的文采，那时虽然你比我高一级，但是我的每篇作文你总是会偷偷地看，看完才告诉我。而当时的我，总为自己

能有被你欣赏的地方而窃喜。

还记得那年你以全票当选为学生会主席，而我因一票之差成为副主席。从此我们就成了全校师生眼中最完美的搭档。以至于你进入大学后，我升为主席，却早已不习惯自己一个人做决定，为此落寞了好长一段时间。

只是当时的自己，似乎太不懂时间如此宝贵。

那时，每天去教室的第一件事就是看看桌上的牛奶杯，每次看到满满的牛奶杯就知道你已经来过。而每个晚自习你都会偷偷溜进我们教室坐在最后面学习，我也总是以各种借口去你们教室向你请教问题。那时，因为你们高三需要营养，学校给你们发鸡蛋，吃完饭的时候你总会偷偷地给我课桌里放一个鸡蛋，而我总是理所应当地把它吃掉。

在街上走路的时候你总是把我扯到最里面，我探头看车辆在你身旁呼啸而过，还指着你被风吹乱的头发，笑你傻傻的样子。那样的美好，我竟然毫无知觉。

我在想，那时的我一定是被时光遗忘了！

（四）

六月，是毕业的季节，也是分别的季节。但是从来就没有想过你会离去，也从不担心你会离去。以为你一直都会在。

那个你毕业的季节也是我放暑假的季节，你选择了让我先走，梦一样的画面，梦一样的情景。那天，你默默地帮我收拾行李，然后默默地送我到火车站。平时那么爱说话的你，那天却一句话也没有说。

而那时的我们还不懂承诺是什么，有的只是恋恋不舍。整个空

曾因一座城，邂逅一个人

157···

气中都弥漫着离别的愁绪。突然想起了我们一起坐在多媒体教室看《泰坦尼克号》的情景，那一刻似乎理解了电影中凄美的爱情。

火车缓缓地启动了，你站在窗外向我挥手，而那一刻我才知道了什么是离别，你从来都知道我是一个坚强的女生，那一刻却泪流满面。你站在原地一动不动，直到消失在我的视线里。

似乎真的没有意识到，那一别竟然是最后一面，真的就再也没有见过。你知道我有太多的话想要跟你说，却再也没有机会开口！

从那个时候起，我们便各自朝着不同的方向走去，去追寻属于自己的梦想！

山那边

女人的幸福，
来自男人对她的好

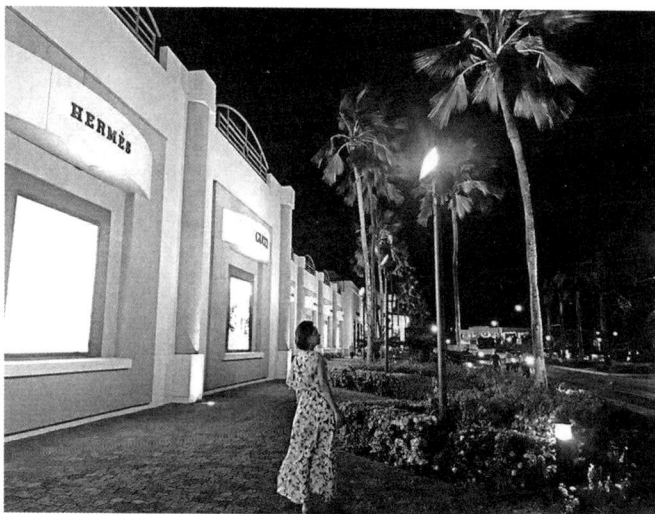

前段时间，去闺蜜家玩。闺蜜正在收拾整理房间，突然"啪"的一声，她无意间碰翻了书桌上的花瓶，地上顷刻间碎片纷飞。

闺蜜吓了一跳，稍一发愣，赶紧弯下腰去捡碎玻璃片。她的老公在另一间房内听到响声走出来，看到女友欲捡碎玻璃片，赶紧制止道："你不要动，别划破手！我来吧。"说完，他快步走过来，小心地捡起地上的碎玻璃片，慢慢包好，放进了垃圾桶。

我由衷地对闺蜜说，你老公对你真好啊！闺蜜傻乎乎地笑，笑得特幸福、特满足，备受宠爱的样子。那个好男人却全然没注意到这些，捡完碎玻璃后就兀自走开了。倒是我的闺蜜，因这件事着着实实兴奋了一整个下午。她说，感谢摔碎的花瓶，让她由此知道了她的老公是多么地疼她。

看着他们幸福的样子，我真心感动。原来，女人的幸福，来自男人对她的好，而男人对女人的好，有时，只需一个弯腰就可以做到。

我认识一个自身条件很优越的女孩，有很多条件相当的男孩追求她，而她却爱上一个离婚的、大她十来岁的男人。别人都觉得不可思议，她的父母对这事也是百般阻挠。她却坚定不移地跟了他，原因只有一个，那就是，他对她好。而那个男人的好，也不过是陪着她绕很远的道去吃她喜欢吃的"麻辣拌"。

我曾经的邻居，是一个丧偶多年的老妇人，从五十岁一直独身到七十岁。二十年寂寂的光阴，对一个女人来说，实在是一种磨难。但她身上却没有一丝一毫受磨难的影子，整日乐呵呵的。闲时就坐在小院里与人聊她的男人，眼神晃悠得很远很远，闪着迷醉的色彩，脸上随即铺一层温柔。她说，他人好啊，从来没有对我高过声，更没有动过我一根手指头。这是一个男人最起码应该做到的呀，不打女人，不骂女人，竟让她独自满足了二十年，并且还要怀抱着这种幸福，度过余生。

最让我记忆深刻的是一次有奖竞赛，题目是《最感动的情话》，而最后获奖的却是这样一句："你躺着，找起来。"大家都想不明白这简单的六个字到底有什么动人之处，获奖的女人这样说了：深夜里，她和他都沉睡在香甜的梦中，突然被儿童床上的幼儿哭声惊醒，她刚想起床查看，他却伸手按住她，说："你躺着，我起来。"

大家先是沉默，继而爆发出热烈的掌声，每个人的眼里都闪着莹莹的光，是感动了。有多少女人深夜里因为孩子而睡不好觉，而躺在身边的男人却鼾声四起。而那一刻，男人这样的好，顶得上千句誓言万句承诺，其魅力实在让女人无法抗拒。

其实每个幸福着的小女人，都能说出一大堆自家男人的好来。那些好，有时真的很微小很细碎，也许仅仅是一个动作，仅仅是一句暖人的话语。

男人的好是什么？说到底是对女人的好啊，如果衍化为两个字，大概就是体贴吧。

怜香惜玉的男人总是最能赢得女人缘，虽说女人有崇拜英雄崇拜阳刚的情结，但女人又是特别务实的小动物，需要的是实实在在的疼爱和呵护。

女人的幸福，来自男人对她的好

我有故事，你有酒吗？

喜欢文字，没有确切的理由。就像喜欢一个人，是因为一丝莫名的心动；喜欢一个季节，是因为一处入心的风景；喜欢文字，是因为总有一些无法说出口的话，可以在文字里穿透心灵的空隙，激荡出闪亮的涟漪。

每一种交集，都是一种人生。一本书，一件物，一个人，一句话，都因为一个字——缘，从而产生了交集。

沏一杯清茶，放一首音乐，喧嚣绝迹，沉浸于一个人的世界。

一丝宁静，一种淡泊，怀着一份感性、多情，一份对书香的眷恋，沉醉在一篇篇精美纷呈的文字中，读着他人的故事，想着自己的心事。懂他人之情怀，感伤处，心潮涌动；甜蜜处，梦绕魂牵。细数他人的满目情深，解读他人的生活点滴，启示自己的人生道路。

夜深人静，当所有人都进入梦乡的时候，我的灵感开始汹涌澎湃。总会把一种独有的情愫寄托在文字里，趴在电脑前码字是我每晚睡前的必修课。很久很久前，没有电脑的时候，我也总是一张素笺，记录心情。喜欢文字里的素雅淡然，让我安静若水，在不自觉的沉默中，与夜做伴，喜欢这种清清幽幽的色调，高雅中透着忧郁和感伤，总是让我感觉坐拥全世界。

面对文字，我会轻松地卸下女汉子的面具，释放女人柔软的味道。那种恬静，让我觉得心灵也变得清澈、纯净。即使走过岁月，也不会黯然失色，心灵徜徉在字里行间，守着淡然的风景，不怕时光流逝，不怕风霜染鬓！

这是一种心境，一种感觉，思绪如潺潺流水沁人心田的那种清透，总是怀着一种浪漫的美，敢于把自己心灵深处最私密的心语跃然纸上，是坦然，是执着。

文字，总是把浪漫的词汇编排成浪漫的故事，填进我梦里，装点着我的人生。抚去一丝灰暗，添加一笔色彩，长了一份智慧，少了些许愚钝。

书中自有黄金屋，书中自有颜如玉。这是古人对文字的物质期许的概括，千百年后的今天，这句话依然被人引用。文字，带着千年古韵的幽香，赋予无数仰慕者一个独具华美的春天。

仰望窗外，蔚蓝的天空，变幻的白云，城市的中心，独守着宁静。曾几何时，觉得自己与外面的世界相隔得如此遥远，熙攘的人

我有故事，你有酒吗？

群，喧嚣的环境，实在不是自己喜欢的场所，车水马龙的繁华，理所应当地关在了心门之外。

我虽然不是淡雅如诗的女子，但是很多时候喜欢一个人，一本书，一杯茶，一首歌，就这样摆渡在文字的海洋里，在简约的时光里，拾一份纯净，感动在微小的瞬间，也未尝不是一种满足。

很久以前，总是一个人背起简单的行囊，来一场说走就走的旅行，穿梭在不同的城市，体会来自不同城市的风土人情和民间习俗。携一份单纯，一份对书香的痴迷，去每个城市探索自己想要的书香，去每个城市寻找自己想要的情愫，迎着晨曦的薄雾，踩着夕阳的余晖，寻找一隅安静之地，坐下来书写这个城市对我的感觉，然后又会心血来潮地奔向下一个城市。而在每一次最深的绝望里，我总会遇见某个城市最美丽的风景。

三毛在她的某一篇文章中写到，读书多了，容颜自然改变，许多时候，自己可能以为许多看过的书籍都成了过眼云烟，不复记忆，其实他们仍是潜在的。在气质里，在谈吐中，在胸襟的无涯，当然也可能显露在生活和文字里。

我不是一个婉约的女子，但是我憧憬守着流年，现世安稳，写一段心语，渲染人生，读一卷宋词，细品古韵幽香，行走于唯美的字里行间，给自己酿一份恬静。

在这个喧嚣的世间，我们也应该经常静下心来问问自己在做什么？做这些的目的是什么？最初的时候，我们都是为了更美好的生活而开始奔跑，可是渐渐地，我们忘记了这个初衷，只是机械地盲目地前进，我们的腿已经麻木，我们的眼睛忽略了身边的美丽、善良、可爱……

山那边

可是没人要求你必须活出个样子，是否出息不重要，活得精彩才是关键，你要做的很简单，站起来，打起精神，拿出本心，去面对这个世界，享受本该属于自己的人生。

我有故事，你有酒吗？

京都恩遇，终生铭记

日复一日，年复一年，本以为平凡得如同一粒尘埃的我，一直就这样在人世间努力拼搏，没想到在2018年的初春，却意外地遭遇了一次生命的洗礼。

北京于我，像是旅行和生活之间的地方。因为各种原因频繁造访，但是，她于我而言，似乎是一个永远都遥不可及的梦。

记得那天刚下火车，我的心中就有了一种隐秘的激动，我的思绪被一种柔软的东西牢牢控制着，它刚柔兼施，令人难以抗拒；记不清从何时起，我竟然对红色收藏品产生了浓厚的兴趣，我竟然对

京城天气的冷暖异常地关注。而这一切，全是因为这场毫无征兆的恩遇在我的身上降临。这是我第一次怀着敬仰的心情拜访中国首位被官方媒体冠名的红色收藏家金铁华老师。

金铁华老师是共和国的同龄人，优秀共产党员、原中石化北京石油公司干部、中国收藏家协会会员、北京市东城区崇文集邮协会监事，现任北京市东城区崇文门西大街社区党委第三支部宣传委员。他是毛泽东时代北京市劳模"花儿金"金玉林的儿子，几十年用执着的收藏，影响着人们，影响着社会。2002年初，金铁华被官方媒体冠名为"红色收藏家"，这是中国官方媒体第一次承认和认可的红色收藏家。十多年来，金铁华老师接受了人民日报、北京日报、北京晚报、解放军报、新华每日电讯等几乎所有在京报业的采访及中央电视台、央视国际、北京电视台、香港凤凰电视台、北京广播电台等媒体的宣传。美国、俄罗斯、加拿大等中文报纸纷纷报道。

来到金老师位于崇文门外社区的家，琳琅满目的藏品把三居室塞得满满的，从床上到地上，到处堆满了集邮册、书信捆、资料册、锦盒、皮箱……难以下脚。

不大的客厅，三面墙上挂满了毛泽东等伟人的宣传画，另一面墙上摆满了毛泽东、邓小平等伟人的塑像，解放战争功劳证、延安土地证、上海解放传单等革命文物被镶嵌在镜框里……

第一次走进金老师和政府合开的红色收藏展馆，第一次认真地看过每一份收藏，第一次听他老人家讲述他的收藏故事和每一件藏品的来历，让我从此深深地喜欢上了红色收藏。

与金铁华老师的遇见，是一种造化，更是一种神奇。一切都来得那么地自然，令人无法防备。与他一见如故，他的亲和，他的笑

京都恩遇，终生铭记

167···

容，他的谦逊，让我难忘。

如果说人生真的就是一场戏，那么在遇到金老师那天，我正在演绎着最为精彩的那一部分。嬉笑哭泣都成歌，长吁短叹皆成诗。此种熏陶，谁人堪比？

谢谢您，让我在人生的驿站上体验到了一种久违的幸福。虽然我不知道我的未来会是什么样子，但是我在心里清楚地知道，能与您结缘，此刻的我是这个世界上最幸福的人。

我相信命运，相信缘分，相信在北京这片热土上，我脚下的每一粒灰尘，都漂浮着远古的苦寂和老一辈革命家对新中国的奉献。

仿佛回到红色年代一般的景致，和金光闪闪的溪水做过的梦一样，注定要发生一些故事。它无论是传说，抑或是传奇，其实并不重要，重要的是此刻的点点滴滴必将在我的生命历程中浓缩成一个永不褪色的印记，它是那么温暖而有意义，足以让我终生铭记。

见与不见，心之所见

夜，依然是幽静的，无声地坐在椅子上，对着窗外灰蓝色的天空，没有星星，没有月亮，唯有弥漫的蓝灰色一望无际。从窗口望去，只有不大的天空却深邃不可测。

有些寂寥，有些无来由的苍白，我知道自己的心灵低潮期来了，脖子这两天一直不舒服，好像有什么束缚一样，没有不快乐，只是心思有些恍惚，有些迷茫，有些失落。总以为自己根深蒂固是个旁观者，旁观着自己，旁观着别人，宛如演员一样，总好像在演绎着谁的故事，虽然千人各面，却每天上演着类似的情节。

　　看了三毛的《爱和信任》，感觉天下父母都一样，总是不放心儿女的生活。不知道这份深厚的爱，却在无形之中干涉着儿女的生活方式。三毛是喜欢自由的，喜欢自由自在地活着，虽然她一直不喜欢别人称她为流浪的人。

　　否则像她如此的至孝，却还远离父母，远离故土，恐怕也是其中一份原因吧。《爱和信任》这篇文章充满了无奈的呼唤，希望老一辈的人不再用爱的名义，来绑架孩子生活的自由。天下人都知道，父母的爱是只想付出不需要索取。恰恰这样，却没有了度。即使我们人到中年，在外闯荡了多年，还一样以为我们是那个天真的孩子，害怕我们上当，不会应付人世间的复杂。

　　我想，如果我是个妈妈眼里的乖乖女，也就罢了，这样的人生也是幸福的一生了，也许求之不得呢。而恰恰，我是喜欢流浪的三毛，爱自由的三毛。所以就有爱和被爱的冲突，爱得越深伤得越深。我从三毛身上联想到自己，豁然开朗，我终究也是个喜欢自由超越一切的人，从小的不羁，和父母的摩擦，也是缘于深深的爱，也许只有远离，才能够彼此不再争执，不再要求对方像自己一样生活。有时候爱得越深，越要远离。近了，就会彼此以爱的名义去要求对方妥协。父母像极了三毛的父母，如今，我人也到三毛当时的年龄，却还深受父母不远千里爱的羁绊，不过毕竟遥不可及，所以也享尽天伦之乐。

　　如今和父母相隔千里，却没有感觉隔阂，电话经常聊天，频打电话，爸爸会骂我浪费电话费。其实我知道，他们心里甜蜜蜜的，有女儿惦记。一周万一忘记了打电话，爸爸又会急不可待地打来。按他的话说，打勤了烦，不打又想的慌。也许距离就是化解代沟的良药，对于我这样的人，尤其管用。如果彼此都不可以改变生活方式和观念，那么想念的距离该适当远些，这样皆大欢喜。

一直以为自己舞跳得不错，是因为可以放松心情而已。其实一直明白自己乐感并不好，甚至学跳舞的日子，竟然搞不清四步舞曲还是三步舞曲，虽然没有人相信日后我的舞会跳得如此轻盈和纯熟。有时候在家也喜欢放一曲比较动听的曲子，随着曲子任意摇摆，任意挥发自己的情绪，这时候的我是沉浸在舞蹈世界的，是幸福的。

深夜里听歌，听到如此深入，忘却了一切烦恼，让心飞翔在悠然的想象之中，唯有梦般的宁静，笼罩着没有疲倦的脸庞。红酒滑落了记忆，一抹笑意在嘴边，喜欢紫红的液体封存了唯美的幻象，一饮而尽。这世界不是缺少美丽，而是缺少发现美的眼睛。

这时候才发现，脖子在自然的扭动中，好了。有时候放松心情，一切都迎刃而解。这几天工作太劳累，天天在电脑里写方案，码文章，自己的颈椎又一直存在着劳损的毛病，容易落枕。也许天天跟着曲子跳一曲爵士，是健身最好的方式。

窗外的夜色更加浓厚，把最后一口干红顺着悠闲而惬意的心情咽下，沉醉心灵。夜色，是如此的寂静，夜的美丽，陪伴我一天工作的结束。

我为谁泣?

　　初伏。初伏的天气热得让人烦躁,黄昏时站在走廊上,远处的天边笼罩着一抹淡淡的晚霞,门前的绿色似乎也暗了下去,思绪在黄昏的笼罩下显得格外神秘、灵动。但此时,小区的夜灯却已亮起,气氛被点缀得更加浓重。

　　我的心真的真的好烦好乱,乱得像一团又一团麻,我该怎么去解散这些麻?神啊!你说我该怎么办?我想不清楚我生来是为了受罪,还是为了什么?

　　这些年,我不能身临其境地感受亲情,可至少在今天拥有了爱情的幸福，我觉得幸福、可靠、持久的爱情。这就是我的满足，找对了一个有缘人，寻到一个未来的落脚点，虽然这其中夹杂着太多的辛酸，但我却因此感到无比的骄傲和自豪，满心欢喜，这没有多少人能够理解。因为我为此放弃了许多！

但是，我不怨天尤人，我怀着虔诚来感谢上苍让我缺失得不是太多，更感激上苍能让我收获我认为世上最美好的情感。在感恩的同时，我不由自主地恨起命运，命中注定，那是天意，也许我无法改变，我要改变的是余下我能掌控的十分之七。命啊！你教我流多少泪？你教我有多少恨？这辈子没有的，下辈子我愿意去等待。

近段时间，日子过得似乎太平凡，平凡得让我似乎感到窒息！也许是因为我的缘故，从忙忙碌碌的生活一下子变成现在的无事可做，我的心里反倒空落落的，不是滋味儿。况且我是个闲不下来的人，我开始漫无目的地想问题，想我的学校生活，想我曾经辉煌的工作！想我曾经不停地在各个城市之间漂泊！我开始感到害怕，害怕我现在的生活磨灭了我的锐气！

其实，我的生活并没有辉煌过。为了生活，我变成另一个别人从未认识过的我，熟悉但又陌生。我开始倔强、任性，执着得似乎有些过分，但所有的一切，我都是在经历与磨砺中认真考虑过。我不在乎世人会怎么看待我，我只明白，那是我生活的勇气。

活着就要争气，不要轻易被别人打败。

人生难得为此一搏！我绝不放弃，即便只有百分之一的希望，也要做百分之百的拼搏。

只有我知道自己的抉择是多么艰难，我早对自己说了我不后悔，尽管以后没有别人一生都想要的物质财富，但生活有了忠诚、有了祈祷、有了坚强、有了真情，我还怕啥？沿着自己铺好的路，

我会一直走下去，走下去，走到老，走到天的尽头……

夜好深好深，没有一丝风；空气好闷好闷，让人透不过气；心好烦好烦，天涯何处是归鸿！？

泪在眼里流，我捏一把鼻涕，凉意袭上心头，是心酸吧。我恨的人总是在我的创口上撒盐。

黎明，你快到来！我不想让自己每天都这样度过。

终究，我还是知道被泪洗过的良心，才是最真最纯最透的……

你的朋友圈，我只能去三天

　　每天被闹钟叫醒后，你是不是都会习惯性地打开微信。看看昨晚没有来得及看的信息，然后就立马翻到朋友圈，从头到尾，一直翻到昨晚看过的地方？这几乎成了现在人们的起床习惯。在这个人们见面没说几句，就会热情地说"你有微信吗"的世界里，交换微信都成了一个基本的社交礼节。

　　对于微友们朋友圈的更新和在我朋友圈的评论，即便我不一定会随时看到点赞或随时回复你的评论，但我一定会在某个闲适的时间专门进入你的朋友圈，看看你的生活，听听你的声音，即便我什么也不说，我离你也只有一个"微信"的距离，知道你的需要。也会去看每一位朋友发的朋友圈，不说话我也一直在。我一直很善待我的朋友圈，因为我觉得在朋友圈里可以学到很多书本上没有的东西，也可以不用出门就长见识。比如某人今天又参加什么会议了，某人又去哪里自驾游晒出了照片，某人今天去哪个地方享受到了新的美食，等等，这些都让我获得很多的资讯。

前不久的一天，忙完工作的我打开了一位不太联系的朋友的朋友圈，发现我只能看到她三天的信息，一条直线下的空白格外刺眼。那时候我不知道微信有了新的选择，你可以设置三天或是半年的权限，让别人不能再手指下滑看到N年前的你。几天之后，我想起闺蜜曾经转发过的一篇文章有我需要的信息，打开她朋友圈去查找，结果也看到了同样的现象。原来闺蜜也设置了"仅三天可见"，我才知道事情原委。

很多人可能觉得别人的朋友圈没有什么可看的，谁还会翻看三天前的？难道看别人朋友圈就只是八卦、起哄、看热闹、看笑话和虚情假意点个赞吗？我觉得总还是有一部分人的朋友圈是有文化、有情怀、有价值、有生活和有人情暖意呢！

可是当你满怀欣喜地点开某个朋友的朋友圈，却发现不是想象中的琳琅满目，而是仅显示寥寥三天的状态，难免有些萧条。如果"TA"恰好在最近三天里面没有发朋友圈，那么，在这种萧条感上又平添了几丝沧桑。偏巧不巧，只留下一条横线。你肯定也经历过看到过这种画面，像被讨厌的人屏蔽了一样。只是这一次，对方是你的朋友。

没错，这就是微信最近推出的新功能——仅显示三天的朋友圈。

山那边

作为朋友，我只能看你三天，陌生人却能浏览你十张照片。

我们还算朋友吗？

我感觉只愿意把自己三天的动态展示给大家的人，通常在生活中都是那种比较小心谨慎的人。他们不愿意将自己的事情过多地展示出来，不愿意别人通过自己的朋友圈来了解自己。

可是你的朋友圈仅三天可见，到底刺痛了谁的心？有人说：是那些把你当成好朋友的人。想想确实是这样，你看我们之间关系那么好，整天一起撸串一起嗨，有了麻烦也共进退，没事儿了微信群里斗斗嘴，朋友圈里点点赞。而在朋友圈里，我还不如一个陌生人了解你，情可以堪？

为了生活忙于奔波的我，总是习惯忙里偷闲打开很久没有联系的你的朋友圈，却再也不能像以前一样了解你的近况，知道你的需求。即使我再努力，你的朋友圈，我也只能去三天……

你的朋友圈，我只能去三天

随　笔

　　感觉很久不曾写过这么伤感的文字了。以前每次写东西都是心情很不好、很烦躁的时候。这回也一样，也不懂这时间怎么过得这么快，每天就是在蒙头忙碌，都快顾不上欣赏路边的风景、享受饭后的休闲时光了。

　　我是土生土长的农村人，所以深深地知道金钱的来之不易。因为家境不是很好，是在失学后受资助读到高三的。大学开始我就面对现实，开始靠自己生活了，从兼职到自己开公司带别人干，其中经历了太多的风风雨雨，一直到大学毕业。

忙碌中偷闲，总是喜欢一个人坐在街边看人来车往，霓虹闪耀。我是一个离乡在外的游子，有时候那份茫然与无措，压抑着我，让我喘不过气来。

　　一直以为自己很勇敢，可以习惯黑夜，习惯寂寞，习惯离家的日子。但是我只是个女人，一个有时坚强有时又脆弱的女人。想找一个温暖的地方可以依靠，却只能蜷着双腿，把自己抱得紧一点，再紧一点。因为我知道，在这个世界里，好像一直是自己一个人在艰难地行走，知道没人可以帮我，知道自己很孤独，很孤独。有时候也很迷茫，不知道什么时候才可以感觉到来自对方的那种温暖！

　　但是我一直觉得只有坚强才是我唯一的出路，所以黑夜过后，我一定会看到光明！

随笔

我在飞机场等一只船

那晚，在微信的某个角落里发现了一个快要忘记名字的留言：我们离婚吧！若儿才反应过来这个陌生的就要遗忘的名字。若儿条件反射地应了一句：好！

到了这个时候，他们的对话似乎就剩下这么简单的问答式了。短短两句话，就撕碎了那一纸证书赐予的关系。

若儿望着微信通讯录里名义上是她丈夫的头像，无法不感到陌生。他们有多久不曾说话了？更有多久不曾谋面了？

若儿是个资深的媒体人，全国各地跑是她工作的基本要求。此刻的若儿坐在电脑前，面对电脑，仍飞快地敲打着键盘，编辑当天要发送的新闻稿件。

现在已是电子化时代，即使离婚也该明快迅速。俗话说：合则聚，不合则散。但他们就不曾合过，这桩婚姻一开始就是骗局和阴谋，更多的是被现实和社会所逼，她甚至觉得奇怪，他们是怎么忍受对方竟达一年？

幸福，一个她曾寄望在他身上的字眼，在最短的时间里证明，她错了。若儿停止了敲打键盘的动作，心里纠正自己刚才的幸福定义，这个男人什么时候给过她幸福？

在这个快餐式爱情的年代，从相识到步入婚姻的时间也是快餐式的。让她来不及享受生命中最宝贵的时光，就让她在名义上从女孩变成了女人，也从纯情梦幻转变为沉静无奈。因为她在某一瞬间终于明白，她爱的男人永远不会爱上她，或者应该说他不会爱上任何人。

他们之间不曾有过缠绵悱恻，即使分离也理性平静。虽然没有孩子的牵绊，但是似乎还在争执着能为自己挽回损失的鸡毛蒜皮。不管怎样，他总算决然地说了离婚吧！以后将会彼此不闻不问，成为两个互不相识的陌生人，她早该认清这事实。应该还不算太晚吧？人生还可以重新开始吧？她只能如此安慰自己。

真的自由了吗？为何眼前一片迷离？仿佛白雾笼罩，迷宫中仍找不到出路。心在疼痛，泪在滚动，她知道她不能回头了，无论如何，从此只有自己陪自己走下去。

可就在不久前，这个男人还是自己名义上的室友，对，他们的关系仅止于室友。没有思想的交流，没有彼此的关心，更谈不上灵魂的碰撞。每晚都是两人和衣而躺的无奈。若儿受够了，当初放

弃一切为的就是能找个可以依靠一辈子的人，一起相守到老，而如今和自己单身有什么区别？最大的区别就是多了一纸束缚自己的证书，多了一个躺在旁边的室友。想到这里，若儿哭了，撕心裂肺地哭了。此刻，只有眼泪可以倾诉自己所有的痛和所有的苦。

突然间她不知该做什么好，单身女人是如此自由，却也如此寂寞。这就是故事的结局了吗？她不敢相信也不愿相信。

吃饭，她没胃口；看电视，似乎嘈杂了些。于是她点开"尚卿电台"，让主播亲切的声音陪伴她，听着主播芸卿姐姐的声音，体会着作者的情绪，度过离婚后的第一个夜晚。

"接下来要分享的文章是《我在飞机场等一只船》，希望各位听众朋友会喜欢。"听着主播熟悉的声音分享作者的文章，听着听着若儿泪流满面，难道这是作者为若儿量身打造的故事？还是作者知道若儿的不幸福？这样的共鸣让若儿孤寂的心瞬间感到一丝丝温暖。

主播的声音消失后，浮现出一段熟悉的旋律，若儿似乎在这段旋律中明白了一个道理：等一个不爱你的人，就像在机场等一只船。

山那边

一念天堂，一念地狱

　　正念快乐感恩就是菩萨的境界，负念嗔恨抱怨就是魔鬼的境界。同一个世界，同一个地方，同一个事物，一念天堂一念地狱，你要过天堂的日子还是地狱的日子，全凭自己一念之间。

　　　这里荒芜寸草不生，
　　　后来你来这走了一遭，
　　　奇迹般万物生长，
　　　这里是我的心。

　　　　　　　　　——白灵《沙漠》

183…

正如这首诗，大家顺读一定会发现是天堂，而倒读你则会发现成了地狱。最近热播的新剧《我的前半生》中贺涵是真正地扎心了，一念天堂，一念地狱。求而不得，爱恨不能。目前剧情的走向是，罗子君和贺涵开始暧昧了。而我，突然有点替唐晶难过，在我的心里，唐晶仍然是爱贺涵的，她所谓的"分手"，其实不过是她的脆弱和试探。

子君曾问："喝醉了又怎样？"

唐晶答："不怎样，第二天照样妆容精致，衣着光鲜去上班。哭够了，同样如此。"

是啊，要成为一个真正独立的高级职场女性，势必是抽筋扒皮的。在我看来，唐晶是这些年来所有热播剧中出现过的最真实的职场女性形象。她就像我们大部分人，一开始只不过就是一个懵懂的、贫穷的、欠缺工作经验的大学生，全凭一步一个脚印，挣下如今的局面。

世上不是只有一个唐晶在工作和爱情面前纠结过，衡量过，放弃过，后悔过。哪一个职场女性，不是在家庭和事业之间徘徊呢？唐晶勇敢又脆弱，聪明但敏感，很善良但也会算计，在职场的上升中，时刻要牺牲掉一些东西。而这种矛盾性是独立女性的共同命运。

而随着剧情的发展，我却越来越不喜欢贺涵。在我看来，贺涵是不敢再爱唐晶的，他对唐晶这辈子都是有一种特殊的感情的，而他喜欢罗子君，只是因为罗子君暂时不像唐晶一样是个女强人，但她是有上进心的女人。我始终想不明白，为什么贺涵总是不敢和唐晶走入婚姻？为什么贺涵又会喜欢曾经因家庭主妇而被出局的罗子君？贺涵总是在这两个闺蜜之间徘徊，真的是一念天堂，一念地狱，而究竟谁是天堂？谁是地狱？恐怕只有贺涵自己知道。

可是爱情真的就高于一切吗？可以逾越道德？可以逾越专一吗？试想没有唐晶，子君又岂能走出离婚后的困境？没有唐晶的不离不弃，贺涵又如何能更深层次地接触子君？唐晶对子君的掏心掏肺，和对贺涵的无比信任，几次三番求着贺涵去帮罗子君，这样的闺蜜情谊难道就抵不住那所谓的后来居上的爱情吗？你们明明知道唐晶的存在，你们明明知道唐晶是你们最重要的人，可是为什么还要萌发你们自以为是的爱情呢？难道爱情就那么不受控制吗？我坚定地认为，即使贺涵真的和罗子君在一起了，也未必能够幸福。日子一旦恢复到日复一日的柴米油盐，他就会体会到有个唐晶这样相处融洽，工作上又能齐头并进的得力助手，是多么好。到时候也只能和陈俊生一样，怀念过去的旧时光。内心也会有个位置一直属于唐晶，所以也无法对罗子君做到百分百专一。

当看到这样的罗子君，我突然明白，《我的前半生》这部电视剧，让所有对婚姻有所失望的中年女性做做梦，所以创造了一个多金帅气的贺涵，全程帮助罗子君完成从全职太太到所谓独立女性的转变，直至罗子君变成贺涵喜欢的样子，两个人顺理成章地相爱？

可这是罗子君的独立吗？真正的女性独立，应该是一场自救，一场发生在自我内心深处的觉醒和改变。所以，纵然唐晶的确矛盾，又高傲，又脆弱，又想抓住爱情，又舍不得放弃升职，但她才是真正的独立女性，因为只有一直寻求改变和突破的独立女性，才会是充满矛盾的，而不是一路被保驾护航。而罗子君做得最对的事情大概就是最后没有选择和贺涵在一起，毕竟唐晶给了她一份伟大而纯净的友情。

还记得贺涵和陈俊生的那段对话吗？他说，唐晶是他最得意的

作品，而他快要管不住她了。唐晶的确与贺涵针锋相对，那不是她不爱他，而是，她不甘心成为他的附庸，被当作一个作品来爱。所以，纵使被贺涵抛弃又如何，我爱惨了那个憋着一股劲儿要摆脱被人塑造命运的唐晶。

至于最好的闺蜜爱上自己的前男友这样的"狗血剧情"，我只想说，当你真正有过一段弥足珍贵的友情，也拥有过最好的爱情，你会淡然一笑说一句：呵，天下男人那么多！

就像网络段子所说：最适合贺涵的是樊胜美，她家闲事多，正好贺涵爱管闲事，她家缺钱，正好贺涵会赚钱，她想在上海有房有车，贺涵有个超级大的房子和车子。绝配！让《欢乐颂》和《我的前半生》一起拍个《欢乐后半生》得了。当然这是网友的调侃和玩笑话，但也说明了贺涵总喜欢给自己想象一个理想中的完美爱人。

山那边

《祝你倒霉》仅仅是毒鸡汤吗？

在未来的很多年中，

我希望你被不公正地对待、

被人忽略无视、被人背叛、被人嘲笑……

最近，一篇名为《I Wish You Bad Luck》（我祝你不幸）的毕业演讲在美国社交网络刷屏了！

不同于各类名人励志演讲，听完让人热血沸腾。

先来看看这位演讲者，是何许人也。

187···

约翰·罗伯茨（John G. Roberts Jr），1955年1月27日生于纽约州水牛城，在印第安纳州长大。父亲是一名小职员，家中共有4个孩子，家境拮据。

1971年，罗伯茨考入哈佛大学，1976年以第一名的成绩从哈佛法学院毕业，1979年获得哈佛法学院法学博士学位。曾担任《哈佛法律评论》的执行总编。

2005年9月，罗伯茨被时任美国总统布什提名，随后获参议院通过，成为第17任美国最高法院首席大法官，年仅50岁，成为美国历史上最年轻的首席大法官。

儿子杰克今年从新罕布什尔州的卡迪根山中学（Cardigan Mountain School）毕业，学校就请了他老爸来毕业典礼致辞。

结果，他没有祝福毕业生们有个美好的未来，却祝愿他们遭遇"不公、不幸、孤独、被忽视、背叛"……

I hope you will be treated unfairly, so that you will come to know the value of justice.

我希望你们能遭遇不公，这样，你才能懂得公正的价值。

I hope that you will suffer betrayal because that will teach you the importance of loyalty.

我希望你们能遭受背叛，这样，你才能领悟忠诚的重要。

I hope you will be lonely from time to time so that you don't take friends for granted.

我希望你们能体验到孤独，这样，你才会明白朋友的珍贵。

I wish you bad luck, again, from time to time so that you will be conscious of the role of chance in life and understand that your success is not completely deserved and that the failure of others is not completely deserved either.

我希望你们也有运气不佳的时候，这样，你才会意识到机遇的重要性，才会明白你的成功并非天经地义，而他人的失败也不是理所应当。

I hope every now and then, your opponent will gloat over your failure. It is a way for you to understand the importance of sportsmanship.

我希望你们的对手会时不时对你们的失败幸灾乐祸，这样，你才懂得人要有体育精神。

I hope you'll be ignored so you know the importance of listening to others.

我希望你们会被无视，这样，你才能明白要学会倾听。

I hope you will have just enough pain to learn compassion.

我希望你们遭受痛苦，这样，你就能懂得要抱有同情心。

这些祝福虽然句句扎心，却深得人心，迅速"圈粉"各路媒体和网友。

连《华盛顿邮报》评论都说："罗伯茨大法官本年度最好的作品，不是某个案子的判决书，而是在儿子毕业典礼上的致辞。"

我们细细想来，这次演讲可不是一般的毒鸡汤，而是一个父亲对子女成长的期待。

巴尔扎克说过："苦难是人生的一块垫脚石，对于强者是笔财富，对于弱者却是万丈深渊。"

这话的确说得对，人的一生没有谁是平平坦坦的，一帆风顺是我们最仁慈的祝贺，但有谁能平步青云而终老一生呢？我们每个人都不可避免地要经历转变命运的一个个大坎——失学、失业、失恋、失去亲人、失去工作、失去财富、失去健康，等等。这些都是需要自己去经历，去历练，去守护，去成长，没有谁可以替代你。

当我们克服了苦难并告别了苦难，只有在这时，苦难才能成为你自豪的一笔人生财富，才是你人生中经过历练后的所拥有的资本！

假如人生没有磨难，其本身就是一种灾害。长期生活在一顺百顺、无忧无虑的环境中，淘汰不了劣者，筛选不出强者，人类就不会进化，社会也不会向前发展。而我们每个人认真审阅自己的心坎，总会欣然发现，点燃自己灵魂之光的东西，往往正是那些当时被看作是磨难和困苦的境遇或事件。一个完善的人生，真的必须要历练，要累积。

我好像突然明白了很多道理，做人的道理，我不禁想起我这一生活得很憋屈，也有点窝囊。可是留得青山在，还怕没柴烧吗？噩梦醒来，又会是一个新的自我，这有什么不好呢？不是常有人说吗？"阳光总在风雨后""吹尽黄沙始见金"？闯过难关，明天又是一个艳阳天。

加油吧，少年！你所经历的任何苦难有一天会成为你炫耀的资本。

山那边

只有文艺，再无年轻

年轻的时候，总是有很多很多的话可以写出来，或成故事，或成散文。可能骨子里有一种文艺的细胞吧！继承了父亲所有的文艺基因，从小学开始，写东西就从来没有觉得困难过。相反，写东西的时候是我最惬意的时候。我可以发挥我的想象，用文字描绘出一个属于自己的美好世界。

而今，看到家里书架上厚厚的劣质的日记本上记满我年轻时那么多无奈与伤感，很多时候我是有心打开，却总是在打开的那一刻再合上。很多过去的回忆只想把它封在那厚厚的日记本里，永不翻开。

好像在自己懵懵懂懂的时候，曾有过那么一种感情，纯纯的，暖暖的，温温的，甜甜的，又轻轻的！

曾几何时，念起那时的情窦初开，便抑制不住嘴角上扬的甜蜜，就纯纯地去喜欢，仅此而已。

一个人的时候，突然听到一首伤感的歌，然后就单曲循环地默默流泪，因为我想起了曾经的人，曾经的事。于是，一个人安安静静地写字，悄悄把这一切写进文字里。用我笨拙的文字来悼念我的青春……

而如今，文艺依然在，青春却离我而去。时间总是悄无声息地向前奔跑着，却把回忆不小心落在了后面。陌生的街道上，偶尔似曾相识的微笑，却总让我心里一阵悸动，收起匆匆赶路的脚步，驻足观望片刻，然后收拾心情，继续匆匆赶路。

山那边

做有温度的人，写有温度的文

温度，是表示物体冷热程度的物理量，微观上来讲是物体分子热运动的剧烈程度。而今新事物已经为温度赋予了新的含义。比如很多领袖人物都说要做一个有温度的社群，要做一个有温度的团体，而我作为每天不断码字的媒体人，也想说我要写有温度的文章，能和读者产生共鸣的文章。尤其是专访，除了官方的语气和口吻，我更喜欢加进去自己的真实感悟，让硬生生的访谈变得有温度，让读者看得有共鸣。

一个人有温度吗？当然有，最直接的温度来自你的皮肤感知的温度，但还有一种则是需要我们通过彼此的内心来感受对方的温度，这种人与人之间的温度就是来自你我内心的热情。

人生路上，我们行走，不是一个人，而是许多个人，不管是父母的陪伴，还是亲人的呵护，或是朋友的关爱，更或是初识的投缘。

此文的灵感启发来源于李明，"小明健乐"的创始人之一，一个内心充满热情的人，将全民健身理念看成是一项神圣的天职，并怀着深切的兴趣。不论过程有多么困难，或需要多强的训练，都会始终如一地用不急不躁的态度去进行。只有抱着这种态度的人，才有资格走到今天的壮大和社会的认可。

李明，一个温暖的人，一个心胸豁达、善良的人。与他交流，可以让人心里面很舒服，好似沐浴春风一样的温柔与舒畅，甚至能够感受到生命的温度。他的热情反映出了他的修养。他的思想格局，修养与涵养，如山一样，睿智而沉默。在这条风雨飘摇的人生路上，正是需要这样一个有温度的人，给予团队一个依偎，一个温存的拥抱。

文字是一种信仰，写的人，信笔走字，读的人，见字如面。若是一个名字，在大家的心里，有了生命的体温，含泪带笑，知寒懂暖，那就不再只是一个名字，而是一种真实灵动的存在。相见或是不见，时光或是距离，又有什么关系？因为懂得，所以信任；因为"同频"，所以肯定；因为触动，所以赞赏。

温度是一份真情、一份奉献。李明便是一个这样的人。有温度的人是不会刻意炫耀的，他心思缜密敏感，害怕一次无心的"晾晒"刺伤自卑人的心灵；他举手投足的温柔，像是冬日的暖阳，不夸张的脚步和坚定的理念影响了身边的人，使他的团队越来越强大，这个强大不仅仅指的是数量，更是质量。

　　做有温度的人，读有温度的文，遇有温度的事，结有温度的缘。或许是因为正能量，也或许是因为感动，更多的是因为感恩。我们的努力不是为了达成某个明确的目的，我们很单纯，就像是一种早已习惯的生活方式。就像是在某个瞬间，我提笔写下的某文，仅仅是因为内心的一个触动启发了我的灵感，正是因为这样，对我的拙作赋予了温度，暖了一些人的心。

做有温度的人，写有温度的文

陕北人，陕北情

　　"军品大王"这个称呼已经代表了李长东的收藏和李长东的人品。近距离接触李长东，他的气场里透露出来的是陕北人的豪爽和热情。

　　说起来，李长东和我是老乡，没有见本人之前，就电话采访了他。他的朴实，即使在电话里都能听出，声音里充满了陕北人的那股豪气和憨厚。

　　2017年8月1日，是中国人民解放军建军90周年的日子，我和搭档张芸卿来到日思夜想的首都北京，专门拜访了李长东并参观了他

的收藏店铺。

那时候他的店还在北京市西城区马连道红莲花卉市场内,第一次,我在现实中真真切切地看到了李长东的收藏店铺,上面有几个牌匾:"全球关注的名人""一个人的联合国""军品大王"等。当他打开门的那一瞬间,我惊呆了,里面的收藏品足可以开个展览馆啦!以前只是看报道和照片,今天一看,网上看到的只能说是一部分而已,满屋子的收藏真正地让我们大开眼界了。

一说到他的收藏,李长东就变了个人似的,充满激情,滔滔不绝,乐此不疲地给我们介绍着来自世界各地的军品的来历、特性和价值:"你看看这件马鞍,是中将的用品!""这喇叭可有年头了,到现在还能吹,我吹个给你听听!""你们看",他拿起一件衬衣,开心地说:"这是中央电视台崔永元送我的,我一直舍不得穿。"还有"红军时期的军大衣""二战美军摄像机三脚架"……他一边介绍着,一边还不忘让我们和他的藏品合影。像这样的介绍,我想他不只给我们介绍过,可是不管介绍多少次,他都像第一次一样充满激情。他热情地换上一件件不同时期的军衣,戴上不同时期的军帽,挎着不同时期的皮包,马上就上演了一场"革命时装秀"。在他的感染下,我们几个人也不由地换上他收藏的军衣,美美地自拍了一会。我们不时地被他的话逗笑,即使那么热的天气,为了给我们展示棉军衣,他依然毫不犹豫地穿上那厚厚的棉大衣,我的心里暗暗地为他的敬业和对收藏的痴迷精神而感叹,真心地想给他竖个大拇指。他总在说:"我不缺钱,我就是喜欢这些东西。看到这些、传播这些(红色收藏),仿佛就处在那个火热的充满激情的年代,那个年代的精神一直激励着我。"听完他的话,深深地被他的格局所感染。

陕北人,陕北情

这个从革命老区延安走出来的草根收藏家——李长东，晒得黝黑的脸上留下了这些年在收藏路上的沧桑。激情四溢的他，一边给我们看他的宝贝，一边给我们讲述他的收藏故事。

他1995年就来到北京，初来乍到，当过保安、摄影师，帮人卖过指甲刀，后来一个人进货、送货、看摊。他收藏的各种军用品，多达千件。他所经销的都是旧货，二战的、抗战的、解放战争的、抗美援朝的，应有尽有。看上去都很陈旧，可对收藏爱好者来说，那可都是好宝贝，这就是内行和外行的区别。

那时候在报国寺，他已经很有名气了。他摊上那些物件儿，虽然不一定都能讲出战争故事，但一定能听见如战争般"辛酸"的收藏故事。北京的冬天是寒冷的，但是上午的太阳晒到墙根儿，他却喜欢坐在南房前背阴儿的地方，裹着军大衣。一眼看去，颇像个变卖家产的苦涩退伍军人。李长东是我们革命老区的人，对这些军品物件有着深厚的感情，在报国寺不知道经历了多少个春夏秋冬，才有了自己的店铺，他也充分通过网络媒体进行宣传售卖，不时有全国各地的微友在网上或亲自到他店铺购买东西，而我们拜访他那天，就有微友为了亲自挑选东西而在店铺附近的酒店住下来等他。他如今的名气，远远不是我们这些媒体人能比得上的，你只要在百度首页输入"军品大王"或"李长东"这几个字，关于他的各种报道便铺天盖地。

聊着聊着就到了饭点，当我们踏入他店铺附近的饭店时，服务员远远地便打招呼："大王来啦！"这句话让我不得不再次佩服李长东的名气。饭桌上，他给我们讲他很喜欢交朋友，这一点我深信，许多名人都和他有来往。像名人崔永元、北京的红色收藏家金铁华等等，还有很多革命后代都是他的朋友。

山那边

为纪念中国人民解放军建军90周年，中国人民抗日战争纪念馆举办"胜利之光——庆祝中国人民解放军建军90周年音乐会"，李长东应邀参加。我们有幸一起前往参观，他和每个人都很熟，不管是大人还是小孩，不管是令人尊敬的革命家后代还是路边的陌生人，他都能热情地和他们打招呼。他为人大方，经常带点毛泽东像章等纪念品，分送给各位和他打招呼的人。

同为陕北人，也作为李长东的好友，我对他充满了尊敬，也对他的故事感同身受。祝愿李长东的红色收藏事业越来越好！

陕北人，陕北情

潜心做收藏，真情写人生

在中国艺术品收藏中，有一门特殊的、最具中国特色的收藏，这就是红色文物收藏，它承载着收藏者对历史的崇敬和对往昔的缅怀。

郝宏武就是这样的收藏者，与他的结缘，是经"军品大王"李长东引荐，他们都是我们电台的忠实听众，经常可以看到他们朋友圈分享电台的文章。

对于郝宏武老师，用良师益友来形容并不为过，他有很多红色收藏的故事，很早就想去他的馆里拜访，但是由于工作繁忙一直没有动身。就在昨天和郝宏武老师的聊天中，灵感突发，于是第二天便来到了晋绥边区文物史料馆，见到了红色收藏家郝宏武老师。初见郝老师，满脸的微笑，一种莫名的亲切，让我恍惚间觉得我们好像是相识多年的老朋友，丝毫没有初见时的拘束感。

（一）红色收藏，生命的记忆

郝宏武自小就对红色文化深感兴趣。他特别钟爱对散落在民间的近现代革命文物史料的征集。1989年春，正在上大学的他前往兴县晋绥烈士陵园、晋绥纪念馆参观。也正是这辉煌的晋绥历史及其在抗日战争中所处的重要地位，启发了这个意气风发的年轻人。从那以后，郝宏武把晋绥文物收藏事业当成梦想去追求，从收集零碎资料到文物史料馆初具规模，这收藏之路，郝宏武一走就是27年。关于红色文化的书籍，他一定会看上好几遍；遇到红色文物史料，哪怕高价，他也一定会想尽办法收集回来。在他看来，这些红色文物史料是一个年代的记忆，更是老一辈无产阶级革命家的珍贵组成部分。

他是一位细心的人。他的柜子里分门别类地、整整齐齐地收藏着各个时期的珍贵史料，并且随身携带着笔记本，一段段工整而详细地记录着自己多年来对晋绥红色文化的解读。

他的晋绥文物史料馆内藏品包括：晋绥边区政府公函类、晋绥边区图书类、货币类、边区医疗卫生类、军队写给地方之信件类、战时鸡毛信类、战时公告、布告类、牛荫冠家函类、晋绥研究相关图书资料类、晋绥时期实物类等。红色收藏家郝宏武耐心地对他的每一件宝贝都做了详细的介绍和解读。

这些文物主要涵盖抗日战争、解放战争时期的战时公告、布

告；军队写给地方的信件，向当地征集毛驴、担架及运送军火、伤员等要事的函件资料；贺龙师长写给毛泽东主席的信件；习仲勋政委的亲笔批文；习仲勋在"九一"记者节上的讲话以及在离石高家沟村参加陕甘宁晋绥联防作战会议时用过的文件篮、麻油灯、炕桌；习仲勋穿过的军靴；甚至还有缴获日军的战利品《支那疆域沿革图》及记录日军自述的钓鱼岛是中国的图册等等。在采访中，郝宏武郑重表示：我愿意做晋绥红色文化的普罗米修斯，把火种播洒在吕梁这片沃土上，让人们永远记住晋绥精神！

（二）吕梁红色印记

郝宏武收藏了很多关于老一辈革命家习仲勋的史料：有贺龙师长致毛泽东主席亲笔信嘱习仲勋政委转交、习仲勋同志的军需官李汛山亲笔批文、习仲勋同志任绥德地委书记时颁发的公函、习仲勋同志任绥德地委书记时颁发的军人复员介绍信、《晋绥日报》刊登延安"九一"记者节会议上习仲勋同志指示党报工作的报道、西北军区第一野战司令部彭德怀司令员、政治部习仲勋政委签发的《革命军人证明书》、一九四六年十二月十六日习仲勋同志受中央委派，参加吕梁离石高家沟陕甘宁晋绥联防作战会议时用过的物品、习仲勋副总理亲笔批文"我同意"、习仲勋书记在离石高家沟时用过的象棋、习仲勋同志在全国中小学工会思想政治工作交流会上的讲话稿等。每一件史料都是一个历史故事，郝宏武说："习仲勋是我党一位高级领导干部，是陕北革命根据地的创始人之一。在长期的革命和建设生涯中，习仲勋以实事求是的态度，冲破'左'倾思想的重重阻力，为革命建设与改革开放事业做出了重要的贡献，受到了党和人民的高度评价。"谈起习老，郝宏武滔滔不绝，说他老人家才是真正的革命家，也是真正的教育家，培养出了习主席这样的优秀领袖。

一件又一件物品，足以说明郝宏武对革命家习仲勋的崇拜和尊敬。他说自己是一个拾荒者，一个原始的囤积者，艰辛埋在心底，但收获却乐于分享。

（三）《牛荫冠传》原稿

关于《牛荫冠传》的原稿，算是郝宏武老师比较得意的史料吧，几经周转，最后落在了郝宏武老师的手里，他还是颇有自信的。他说，那时候国难当头，这个红色家庭不惜一切代价保家卫国，他们可歌可泣的业绩，成为我国不可多得的生动爱国主义活教材。牛荫冠早在1936年底，就受中共北方局派遣，参加党领导下的与阎锡山开展特殊形式的上层统一战线，也是山西工作委员会当时16位领导人之一，先后培训了4000多名抗日干部，给山西全省派出了70多名共产党的县长，140多名牺盟特派员，扩军15000多名，为党巩固地方政权，起到了十分重要的作用……

这本原稿看起来特别厚，大概有一百万字，里面的稿件看起来被很多人翻阅过，纸质也是比较脆的，看得出那个年代的印记。还有很多关于牛荫冠的文稿、信件等。这其中的一张张文稿、一批批信件、书刊，见证着那个红色的年代，记录着那个战斗的年代。

（四）富有爱心，热爱公益

郝宏武是个富有爱心的收藏者，懂得感恩，积极投身社会公益活动。他经常帮助一些需要帮助的弱势群体。去年元旦节的时候，特委托兴县新闻办将32袋大米，送到新闻办包扶的高家村、唐家吉村32户建档立卡的贫困户手中。

　　他说，革命老区兴县是中国革命的摇篮。在这里，革命先烈为中国革命事业的胜利，为今天来之不易的幸福生活，抛头颅、洒热血，做出了巨大的贡献和牺牲。当我们在享受今天这幸福祥和生活的同时，更应该关注革命老区的脱贫攻坚工作，为老区发展贡献力量。

　　拜访结束，不禁感慨万千。时光流逝，带不走对历史的回忆；光阴荏苒，磨不去对英雄的敬仰。当我参观了晋绥边区文物史料馆所收藏的晋绥红色文物后，不无感慨且深受教益。

匆匆那年，您是永恒

自古逢秋悲寂寥，然而今日秋时，更胜春朝。告别了盛夏的灿烂，丰硕的秋季带着一丝神圣与庄严，它仿佛在提醒着我们：在这最美的季节里，有一个节日属于他，有一份感恩更应该属于他。

那个人的名字不必提，那个节日的名字不必说，但我们每个人与他的点点滴滴却永远不该被忘记。

放慢脚步，紧闭双眼，请聆听，请回忆，请感恩。

一段青春，一段记忆，一生的思念，一世的牵挂！在记忆的海洋里尽情驰骋，尽管残缺、斑驳与依稀，采摘来的总是一张张笑脸、一缕缕真情。成长中的青春，青春里的记忆，记忆里的每一次成长，是我们人生中最美丽的部分，而这部分里最不可或缺的就是我们的老师！

相识是缘，相处是份，在最美丽的时候遇见最美丽的您，在最美丽的季节遇见最慈祥的您，是生命里一段最美好的时光，染污未曾，纯洁如初。您用一腔热血浇灌着一颗颗曾经年少的心，鞭策成一份份质朴、厚爱、奋进的努力。于是，他们的生命里注定会有您的影子。一句话可影响一生，一声教诲可享用一世。在青春里立起的桅杆，可永远支撑生命里的浩浩航程！

"春蚕到死丝方尽，蜡炬成灰泪始干。"每一次的教诲，都成了我记忆里的永恒。回忆悠悠的往事，咀嚼每一句金玉良言，才倍感"师者父母心"的真实。成长是容易偏离路程的初航，老师是指引乘风破浪的标杆。在我前进的道路上，每一位恩师都是我前进的领路人。任凭足下万里路、心中千层愿，也离不开老师的指点，行家的开路。多少人因找不到指导而迷惘，多少人因得不到真传而遗憾。而我，却屡屡被提点、被指引，幸运地遇了一位又一位恩师，让我少走了太多的弯路。

真心感恩生命中遇到的每一位恩师，是您把我的生命装点得有滋有味。尽管我还是如此卑微，不足以让您颔首，但对于我的生命，您却是一种了不起的伟大，是永远屹立在我心头的一座丰碑，无可替代，无可比拟！

可谓"情人眼里出西施，学生心里出恩师"吧！

不能忘记我流下委屈的泪水时，您粗大的手掌对我头顶的抚慰；不能忘记煤油灯下您语重心长的教导；不能忘记您家访时对

山那边

爸妈说出寄予我的厚望；更不能忘记您逢人便说我是您的得意门生……泪光里闪现的每一位恩师，在我的记忆里永远焕发着思念的波澜，生命不止，真情难断！

匆匆那年，您是永恒

30岁后的女人，你一样很优秀

  作为一个女人，三十几岁，真的是一个比较尴尬的年龄。应在工作之余把别人用来刷屏、谈论八卦的时间用于学习。为什么呢？因为你再也没有挥霍时间的资本了。手机里存上一本书，在任何一个人看来不是时间的时间去看看，尽可能地去学习更多的知识，让自己尽可能不要在和客户谈话的时候陷入尴尬。三十多岁，把握机会、用心经营、努力付出的你，会收获不一样的精彩人生。

  三十岁，对于女人来说，不只是一个分水岭。一边是骄阳似火、山花烂漫的绚丽青春，一边是蝇营狗苟、满地鸡毛的凌乱人

生，曾经的花样年华已经成为端着保温杯泡着枸杞的中年大妈。而对于很多有抱负的女人来说，这真的是一个尴尬的年龄？家庭？孩子？事业？价值？太多的难题摆在你面前。对于有抱负的大多数女人来说，毫不犹豫地选择了事业和人生价值。而我，却和很多女人不一样，除了有一肚子的抱负以外，更是一个普普通通的陕北女人，一个比较传统的陕北女人。写到这里，我突然感觉到自己是幸福的，有个明事理知大局的陕北老公，更有两个懂事而独立、支持妈妈的双胞胎儿子。有了这样强大的后盾，我还有什么理由不去努力？他们的支持和牺牲给了我莫大的安慰，让我在奋斗的路上充满了激情。不管多大的困难，我都得去克服。

三十岁是个岔路口，一边是安逸舒适的人生之路，就像温水中的青蛙，沉浸在一成不变、波澜不惊的生活中不能自拔，最终失去了跳出去的斗志和勇气；另一边道路泥泞、弯曲、充满坎坷、前途未卜，机遇与挑战激励着我们不断成长进步，一路上感受着探索未知世界的乐趣。

三十岁是人生中的一个转折，棱角分明、意气用事、口无遮拦、锋芒毕露，被圆融世故、深思熟虑、谨言慎行、韬光养晦所代替；曾经追求生活品质热衷于名牌的我们觉得购买打折、促销商品有失风度，现在竟为秒杀到一件根本用不上的物品而欣喜不已；为维护自己的权益与商家据理力争，有时候也和卖菜的小贩们调侃几句，发发牢骚，这就是所谓的中年油腻人生吗？

三十多岁，如何打理尴尬年龄里的凌乱人生？

开始反思以前的生活，在反思中成长。

想起曾经年少无知虚度的光阴，想起在人生紧要关头错过的机遇，悲从中来。

生活已经够安逸了，为什么还要在安逸中不思进取呢？在还可以努力的年龄里尽力拼一把，不要给人生留下遗憾。

反思让我们清醒自己的现状，也让我看清以后要走的路，人格在反思中得以重构，思维在反思中明晰，个体在反思中脱胎换骨。

我们努力在资历深厚的前辈和势头正猛的"90后"之间争得一席之地，孩子的教育、父母日渐衰老的身体需要我们承担起应有的责任，看到别人家的孩子在周末努力学习着各种本领，感受着逢年过节相聚时充斥着的攀比、炫耀，品尝着生活的酸甜苦辣，我们眉头紧锁、焦虑不安，这些无形的压力正在考验着我们敏感脆弱的内心。不由地感慨：人到中年百事哀。

三十多岁，要学会正确宣泄自己的不良情绪，在运动、音乐、冥想中让自己紧绷的神经得以放松，身心做一番休憩之后再继续上路。

我们喂马、劈柴，为粮食、蔬菜担心，用心经营着工作、生活，但不会冲动之下为诗和远方远走他乡，我们深知自己肩负的各种责任，而这些责任让我们的人生变得深刻。

把工作当成提升历练自己的平台，30岁以后，要开始积累经验、能力、知识、人脉之类的东西，远离七嘴八舌、说长道短，做到博采众长，不断完善自己，为实实在在可触摸到的东西努力才是值得的。

珍惜和家人在一起的时光，放下手机，带老人孩子出去散心，哪怕是不咸不淡的聊天，不要用口头的承诺代替实际的陪伴，因为岁月匆匆，经不起太多的等待。

利用好自己的业余时间，抛掉无用的社交。

在这个世界上，无论你多么优秀，总有人喜欢你，也有人不喜欢你，所以不必讨好每一个人。三十岁之前，为了保持合群的状态，我们总是削尖脑袋钻进那一堆聊天、嗑瓜子的人群之中，现在我们即使游离在众人之外，也并不感到落寞。

　　与其让生命的能量在虚情假意地应付无关痛痒的社交中慢慢流失，不如去拿起专业书籍提升自己的业务能力，或者是在知识的海洋汲取人生的精华，感悟生命的真谛。

30岁后的女人，你一样很优秀

弹筝女子

秦筝吐绝调，玉柱扬清曲。

弦依高张断，声随妙指续。

　　这是《咏筝》里的几句诗，诗人沈约描写了一位美丽的弹筝女子，她技艺娴熟，弹奏时抑扬自如，清妙悠扬，十分动听。

　　张群，就犹如那诗中的弹筝女子，超凡脱俗，全身洋溢着古雅的气质。

　　"百里不同风，千里不同俗。"小桥流水人家，这是城固宁静的美。而张群就出生在这里，城固宁静的美塑造了她身上不同于其他女子的气质，这也许就是她和古筝的不解之缘吧！

一人，一筝，一曲，这就是张群的古筝世界。

张群出生在一个文艺家庭。古筝，那件第一次就让张群爱上的乐器，修长的身姿，优雅的相貌，就已经让她挪不动步。当她用手指轻触琴弦，那天籁般的声音，让她就这样陷了进去，内心那个深埋的种子像是发了芽，像是认识了许久的老朋友，仿佛已经等了她很多年，终于在对的时间相遇了，从此张群便踏上了"筝途"。

学琴之路，非常枯燥。台上一分钟，台下十年功。在那个年代，能找个专业的古筝老师是很难的。正是因为这样，她下定决心一定要学习好古筝。在学校老师的栽培下，自己刻苦练习练习再练习，功夫不负有心人，考上了齐鲁音乐学院。

父母为了让她能更好地学习，卖掉了房子，背井离乡去工作，不分昼夜。父母的含辛茹苦，让张群暗暗下了决心，一定要回报父母。在第一次的考试中，张群名列前茅，这让她对学习古筝更加充满了热爱与自信。

毕业后，为了更好地提升自己，张群拜师演奏家、作曲家、音乐家何占豪老师及程皓茹、宋馨心、王小平、孔乐、杨西等名师，为她的古筝之路添砖加瓦，使她一次次取得优异的成绩。

她想要让自己的人生变得更有价值，她想将自己所喜欢的古筝文化传播给更多的人。2010年，张群开启了自己的古筝培训学校，赋予它一个诗情画意的名字——筝乐飘香。在张群的眼里，努力地工作不是玩命，而是为了实现微小又璀璨的价值。

成立学校后，管理方面的事务多了，但张群还是不想放弃古筝老师这个职业，在学校依然坚持带学生。

现在的张群很幸福。以前，她练琴是为了考学；而现在，弹琴是为了传承，是最能让她快乐的事情，因为她可以静下心来，好好享受古筝给她带来的美妙。

人生一世，定会做一些有意义的事情，张群把古筝当作生活中最重要的一部分，古筝也是她最好的亲人和朋友。她很简单，就想为古筝文化传承贡献一份力量。

山那边

胖胖的故事

　　胖胖是个女子，身高158厘米，体重75公斤。因为胖，所以大家喊她"胖子"或者"胖妹"，而我喜欢叫她"胖胖"，因为"胖胖"叫起来更亲切。

　　胖胖在很小的时候，因为家里特别重男轻女，再加上胖胖父亲花心，母亲被逼离异了。父母离异后，胖胖便跟着母亲改嫁了好几次。胖胖的母亲是那种比较软弱的女性，在胖胖还不到十岁的时候，母亲因为被继父欺骗，嫁非所适，打骂是家常便饭，所以胖胖的心灵深处便烙下不好的阴影，从小就担任起了保护母亲的职责，也造成了胖胖性格中的强悍、憎恨以及有点偏执的人格。

胖胖的父母离异后，按照离婚协议，胖胖的生活费由母亲负责，学杂费由父亲支付。胖胖的父亲是做生意的，经济收入可观，在20世纪80年代存款上万，可以说是当时的"万元户"。随着胖胖逐渐长大，小学、初中几年的费用，让继母有点生气了，于是便从中作梗，严格控制胖胖的父亲给胖胖学杂费。胖胖的父亲是个典型的"妻管严"，已无力支付胖胖的学杂费，只能在鞋子里藏钱，给胖胖每个星期50元的生活费。后来父亲鞋子藏钱被继母发现，还被捅了刀子。从此胖胖去父亲那里要生活费成了噩梦，经常被继母当着父亲的面折磨。因为没有钱，初中后上了夜校，十六岁便出来谋生了。

但是胖胖很努力很勤奋，自己一边打工一边自学，过程虽然曲折，但总算拿到了本科毕业证，也挤进了大家都羡慕的大企业就职。日子一天一天过去了，胖胖除了体重还是那样外，其他的进步都很快。现在还能接济父母，养活自己更没问题。可是胖胖的烦恼也来了，身边的同事朋友一个个都脱单了，自己还是"单身狗"一条。心烦，可也没办法，看着身边的朋友同学一个个相继都谈婚论嫁了，胖胖身边却都是闺蜜式的异性，伤心无奈啊！长得不错，人也很好，可就是体重超标了。这么多年一直没遇到对心思的人，硬生生自己一个人独自走过来。身边依然只有妈妈。胖胖和妈妈住在租的房子里，虽然拥挤却很温暖，有妈妈的地方就是家。可是住得不顺心，和别人合租，这样那样的事很麻烦。经常搬家，新搬家后的第一天，胖胖和妈妈吃完饭要出去逛逛，走到电梯，突然想到有东西没拿，就回去取，刚拿了东西准备出门，就听到说话声，一定是房东又带人回来看房子了，还有一个小的单间没租出去。走到门口，和他们打了个照面，一个胖乎乎的男孩，还有一个女人，应该是男孩的妈妈。男孩看胖胖的眼睛亮亮的，那种眼神，胖胖很暖心，很激动，心里开心得不知道当时在想什么……

据说当时男孩一眼就看中了胖胖。等胖胖和妈妈逛街回来时，男孩已经把房子租了下来，一个月550元。以后又多了个邻居，不过这次不同的是，胖胖好像莫名地开心。日子一天天过去，住的还算舒服，但是隔壁的中介很讨厌，把卫生弄得很差，而且晚上还吵，让男孩妈妈心情很不好，总是抱怨，可也没办法，垃圾就是男孩妈妈和胖胖倒，胖胖喜欢倒垃圾，卫生间的也倒。男孩妈妈倒也没再说过什么，胖胖不爱主动和别人说话，只是见面打个招呼。男孩妈妈暗示男孩说胖胖不错，什么做饭，倒垃圾，样样在行。男孩也这样认为，因为胖胖真的很勤快。男孩经常去找胖胖，和她讨论各种问题，也在深夜带胖胖出去吃地摊宵夜……

后来，男孩自然娶了胖胖。婚礼的那天，胖胖笑得那么甜，那么幸福……

再后来，胖胖生了个大胖小子，胖胖的老公也在职场步步高升，如鱼得水。而胖胖生完孩子后，身材却让女人羡慕了，体重45公斤，身高依然158厘米。可是别忘了胖胖是个美人坯子，这一瘦，那脸蛋，愈发让人羡慕了。可想而知，当年的男孩更爱胖胖了，胖胖的日子过得那才叫幸福。

可是，我依然叫她胖胖。胖胖是我心中永远的坚强乐观、勤奋努力的"胖胖"。

不要用我的爱来伤害我

山那边

我以为你是真的爱过
所以我才认真把握
不知不觉陷入爱的漩涡
抓不住解救的绳索
我为你付出了太多太多
从没问过爱的结果
可是你一次一次地出卖我
一次一次让我难过
不要用我的爱来伤害我

你知道我是多脆弱

我做错了什么

你要惩罚我

如果这样你还说爱我

不要用我的爱来伤害我

……

　　萧禾一个人孤零零地走在这个陌生的城市，街头传来韩晶的《不要用我的爱来伤害我》，眼泪又一次打湿了眼眶。为什么此时此刻她感觉这首歌就是为她而写？生活真的和自己开了一个很可笑的玩笑。

　　一年前，萧禾还处在所有女人憧憬的热恋中。她和她曾经认为就是一辈子的那个男人相识于网络。还记得那天自己工作做完，无聊地在网上游荡，在自驾游群里闲聊，群主提议，没有发照片的今天补上，正好萧禾属于没有发照片的，她很随意地就发了一张照片，结果就和现在的这个男人结缘了。他叫庆云，在群里就和她聊得甚欢，理所应当就加了好友。因为他们有共同的爱好，对彼此很有好感，很快就聊得很不错了，他们彼此讲述着自己不堪的感情经历，有一种相见恨晚的感觉。

　　萧禾是一个被爱情伤得遍体鳞伤的女人，可是她又是一个始终相信爱情的女人。所以就算一千次被伤害，她还是会一千零一次去爱。但是这一次，萧禾只想找一个脾气性格好的，为了让自己不至于再一次受伤，她无数次试探考验。可是这时的庆云脾气好得不知道该怎么形容，就算萧禾各种无理取闹任性不讲理，庆云包容了她的所有。萧禾很满足，很满足。她觉得这辈子能在这个年纪遇到这样一个包容自己的对方，真的是自己的福气。

就这样，他们的爱情开始了，平淡却充满了甜蜜。虽然没有了之前的冲动，但是对方总是让自己觉得安稳，觉得是一辈子的感觉。正是因为这样，萧禾就更渴望能和对方相守相爱。但是现实比较残酷，因为都有属于自己的固定工作，一直处于异地。但是萧禾是一个感性的女子。她自己心里知道，如果自己足够爱这个男人，那么自己迟早得放下这份稳定的工作，去与自己心爱的人相守一生。

其实他们无数次讨论过这个问题，但是庆云丝毫没有动摇过离开他的城市。萧禾知道在这一点上只有自己牺牲。不过就凭庆云现在对她的好，她觉得值得。

在他们相恋一周年的时候，萧禾终于离开了那个她熟悉的城市，去追寻她爱的人……

爱情故事发展到此大概就是故事的结束了。可是萧禾的爱情故事在这个时候却是刚刚开始。

当他们结束了两地生活的痛苦，终于生活在一起后，甜蜜似乎并没有想象的那么久长。萧禾来到这个陌生的城市的第五天，他们就吵了第一架。原因其实很简单，就是萧禾和很多女孩子一样，话比较多，庆云又不是太爱说话。而萧禾总是大事小事爱啰唆几句。就这样两个人都觉得委屈，都觉得自己没有错。所以就吵起来了，但是吵架并不能解决他们的矛盾。

可是来都来了，日子还得过，萧禾尽量压下自己的一些个性，尽量让两个人能甜甜蜜蜜地生活，因为在她眼里，爱情都是甜蜜浪漫的，所以她想调整自己，为他们的爱情之路铺道。可是不知道为什么，过一段时间他们依然还是会吵架。可能是庆云的压力大吧！

有时候萧禾自己都不知道为什么，就是正常说他几句，或者想让他把某件事情做得更加完美，给他出主意，或者教他怎么说话。但是在庆云看来，萧禾一直在指责自己，而这种指责让他很委屈。不知道为什么，每次一开始萧禾觉得自己委屈的时候，最后却变成了对方的委屈。其实在很短的时间里几次大吵架，都折磨了他们彼此，更加折磨了萧禾来这个陌生城市时候的那种热情和美好憧憬。很多次很多次，自己一个人默默地流过很多泪。可是有句话不是说的好吗？自己选的路，跪着也要走完。所以萧禾在不停地改变自己。

日子就在这样不痛不痒的节奏中度过。萧禾却发现现在的庆云才是真正的庆云，而网上的那个自己千般刁难也耐心包容自己的庆云，仅仅只是网上而已。太多太多的委屈，自己真的不知道该给谁诉说。

记得最后那天，天阴沉沉的，两个人为了省打车费决定步行回家。路上，却因为小的都不知道怎么描述的事情吵了起来，而且两个人都莫名地恼火，都觉得自己怎么就如此委屈！萧禾真的烦了，累了，承认都是自己的错，可是庆云这时却说这根本就不是真心承认错误。两个人在大马路上一边吵一边走，真的很是丢人。萧禾狠狠地扇了自己几个嘴巴，她想自己扇自己嘴巴的时候，庆云一定会心疼地把自己拉入怀里，可是萧禾再一次失望了。

让萧禾真正心凉的不是庆云没有阻止，而且冷冷地看着自己一个巴掌一个巴掌扇下去……萧禾心凉了，此刻也心死了。她放下扇自己巴掌的手，默默地拿出手机买好了回家的票。然后没有说话。

对面的出租车来得正是时候，也许一切都是因缘，萧禾毫不犹豫就招手上了出租车往火车站走去。这次她走得义无反顾，走得毅然决然，因为她知道他们的爱情在那一瞬间结束了……

太原姑娘

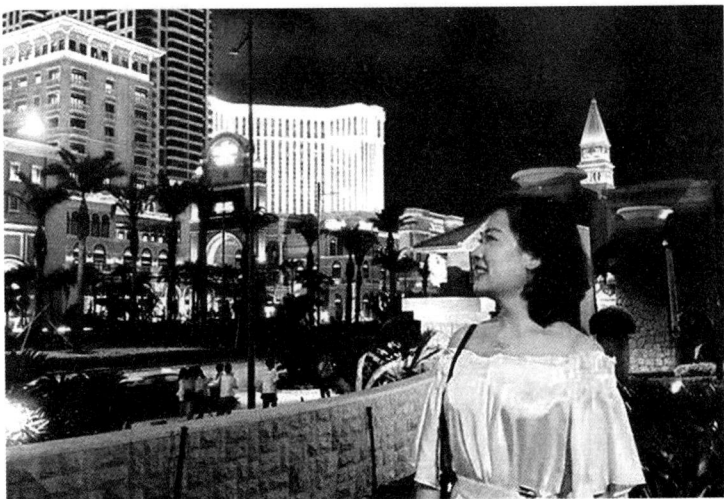

　　她，是我遇见过最善良的太原姑娘，也是最爱笑的太原姑娘。

　　第一次看到她，是在新生见面会上。那天，她穿着一件白纱裙，黑色的头发犹如瀑布一般直泻而下。我摆手像面对面走过来的她打招呼，她却微微地冲着我笑，让初来外地上学的我倍感温暖。

　　后来我们分在同一个班，并住在了同寝室。从此，这个爱笑的太原姑娘便成了我的闺蜜。那时，我第一次出远门，对于从来都没有离开过父母的我来说，想家是最痛苦的事情。每当夜深人静的时候，我总是一个人躲在被窝里偷偷地掉眼泪。而这一切只有细心的太原姑娘发现了。她给我讲各种无厘头的笑话，做各种搞怪的动作，让我总是破涕为笑。她就像春风里的细雨，像夏日里的凉风，像秋雨里的红叶，更像冬天里的阳光，希望中融化了寒意。

她总是能给我们寝室的人带来笑声和欢乐，她就像一个大姐姐一样，关怀着寝室每一个人的起居和情绪。而我们每个人有什么不开心的事情总喜欢找她，喜欢她那甜甜的声音中透出的那丝暖意。而那个天天想家的我，也在她的影响下慢慢变得开朗起来。

因为她的笑容

让我们不再失落

因为她的笑容

让我们不再游荡

因为她的笑容

让我们不再孤单

她这样的姑娘，初见时你并不觉得她惊喜艳丽，但是她却是让人见一面，便此生无法忘怀的人。

班上的每一个学生都很喜欢她，无论学习好与不好。因为她对每个人总是那么的善良。她，宛如一个天使降临在了我们的面前，每个人都愿意把藏在心底的话语，向她倾诉。

高三的日子是无比漫长艰难的，但是她，总是给人以踏实、安稳的感觉。似乎所有课程的每一分钟，她都是极努力认真的。因为，每个角度看向她，都是认真听课的样子。

高考要来，末日也要来了。

中午我们一起提前去教室，路过校内操场旁那片安静的树林时，金色的阳光被树叶碎成花，铺了一地，温暖炫目，我大声问走在前面的她："是不是世界末日要来了，你看世界这么美好？"她

太原姑娘

223···

笑着伸出手臂跑进树林，也大声地回答我："世界这么美好，怎么可能是末日？"

那天她头上和脸上都是明亮的，眼光里闪烁着希望和期待。

后来，高考了，我们开始各奔东西，各自打工，填志愿，办理各种手续，上大学，一气呵成，再后来我回到了我的城市。很少再见到太原姑娘了，准确地说没有再见过。直到去年的秋天，不知道哪个好心的同学建了个微信群，一个一个都进群了，才又联系到那个爱笑的太原姑娘。时隔那么久，我们还是喜欢亲切地叫她太原姑娘。

从此，我和太原姑娘就成了真正意义上的闺蜜。

太原姑娘，岁月静好，我只愿你，一切安好！

山那边

星星的孩子——
他们的世界，你不懂

世界上有这样一群孩子，他们承受着旁人无法探知的内心孤独，他们不能和人正常沟通交流，沉浸在自我的小小世界里。

世界上有这样一群家庭，因为子女患有"孤独症"而陷入困境。

世界上有这样一群家长，他们承受着旁人无法承受的痛苦和重担。

他们，和我们一样：黑亮的眼睛，健全的四肢。看上去与别的孩子没什么区别。只有当你静静地凝望上好一会儿，你才能发现，

225···

他们的眼睛里倒映的是一个外人无法走入的世界。

根据世界卫生组织统计，全球每20分钟就有一个自闭症孩子诞生。

自闭症又称孤独症，是一种先天性的、广泛性的发育障碍，主要有语言障碍、社交障碍和刻板行为三大核心症状，在社会交往、语言和认知、对事物的反应、感觉的调控及运动等方面存在行为异常。

因为眼神冷漠，沉浸在自己的世界里，他们被称作"星星的孩子"。在太原"山西方舟自闭症康复研究院"里，最大的孩子20岁，最小的只有三四岁。

我在大学的时候就接触过自闭症儿童，直到今天接触大龄的自闭症患者，我才有了更深刻的体会。他们不说话的时候，你基本看不出他们有什么不一样。刚到方舟的时候，我向一个长得帅气的、看上去十八九岁的大男孩问今天的活动在几楼，他只是看着我笑了笑，却摇摇头。可能是他不懂我为什么要问他，他的世界里，应该没有像我这样一个陌生的问路人。因为是在这样一个特定的环境里，我才能很快地意识到他就是我们今天慰问的对象。如果在大路上遇到这样的情况，我只会认为这个帅小伙有点高傲，有点不爱搭理人吧！

可是，到目前为止，也没有人能说明病因是什么，也没有完善的治疗办法。自闭症，这种"广泛性发育障碍"，就像恶魔一样，每20分钟就伸出魔爪，从地球上抓走一个孩子。

瑞士联邦理工学院神经科学家卡米拉与亨利·马科拉姆这样来描绘自闭症患者的感觉。"设想你的世界中，每个声音都像电钻一样刺耳，每丝光线都有如电火花般刺眼，身上的衣物好似砂纸，甚

至母亲的面庞看上去也裂成一堆令人恐惧的碎片。"你就不难想象他们的感觉了。

据校长讲，这些孩子大部分表现是：到两三岁时还不会说话，即使有语言，也很混乱，像来自火星的孩子。他们伤心的父母，目前并不知道这些孩子将来的结局。在过去，一些成年自闭症患者的最后结局，是被家人拿铁链拴起来，直至死去。直到最后人们也不知道他们是死于自闭症，而不是精神病。

他们对某些声音格外敏感。有的享受塑料袋揉搓的声音，有的喜欢听两个瓶子撞击声。有的一听到汽车自动锁门"嗤"地一响，就躁动不安。

他们对颜色的刻板，到了令人难以想象的地步。他们动作反复、怪异。

临走之前，我发现了一个特别秀气的男孩特别喜欢坑女生的头发，我们一起来的长头发女生，大部分被他挨个给编了一个或者两条大辫子，他编辫子的动作特别轻柔，神情看起来特别安静，小心翼翼地，好像就怕把对方给弄疼了。不管你和他说什么，他都会回你一句"没关系"。他自带很多种颜色的头绳，估计是用来给人编辫子用的。

一名研究专家说："自闭症患者的每个脑区功能各搞各的，之间缺少协调联系，正常人的大脑演奏的是和谐的交响乐，而他们的大脑就像即兴演奏的爵士音乐。"所以他们在有些地方的智商会超长。有的只要看一遍地图，就能精细地画出来；有的可以记忆整个日历的任何一天；有的能背诵一本黄页，记得住10万个电话号码。

李连杰演过唯一的一部不是功夫片的电影《海洋天堂》感人至深，他饰演的就是一个孤独症孩子的父亲，可是他却发现自己得了癌症。"等我走了，他该去哪里呢？"他到处去找可以收养儿子的地方。托儿所说他年龄大了，养老院说他年龄小了，孤儿院说他不是孤儿。社会上几乎没有可以收养他儿子的组织机构。最后总算有个和自闭症不相关的机构收养了他。这部影片中家长唯一的希望就是，孩子今后能自食其力，独立生活。

家长更希望有个奇迹，让自己的孩子回到我们的世界。一个妈妈流着眼泪说："多希望这是一场梦，有一天孩子突然对我说：妈妈，我装了14年，从现在开始，我不玩这个游戏了！"

我写此文的目的，仅仅是希望大家能够正确认识自闭症，了解自闭症，理解自闭症。自闭症患者不是大家所谓的智障者、精神病。他们只是不懂我们的沟通方式，而他们的世界，我们也不懂。但是我们应该去理解他们，关爱他们，读懂他们。如果你身边有这样的人，请你用心和他交流，请你给他点耐心，他们需要我们的肯定与鼓励，而不是无视与远离。

暑期工随记

（一）

2005年我加入了暑假工行列，开始了真正的打工生活。

早起晚睡，家常便饭，那是一种被抑制的生活模式。

每天都重复着同样的动作，同样的工作，同样的生活。

也许我算幸运者，有一个不错的组长，使我的工作轻松了许多，不再度日如年。可是，他们——我的"战友们"，却天天要进行"免费加班"。每天早上起来，看到他们各个睡眼惺忪、无精打采的样子，我的心中感慨万千。

但是，当我的工作变得轻松的时候，我的思维就不再被束缚。于是，思想就像脱缰的野马，到处去寻找青青的绿地。

走神，是我工作轻松以来常有的事，我想啊，想啊，想我的打工生活，想我的大学生活，还时时想着心中遥远的梦……

我想，忍受50天这样的生活，我还是可以接受，但是一辈子就这样生活，我真心不甘。因为我是个极度喜欢自由的人。

这样的工作，让我崩溃。

一天的劳累把我们折磨得不成人形，整个人都被痛苦衬托着。

这一切都让我联想到资本主义的工厂——剥削。当然这样的确夸张了点，但是在这里员工的地位是什么？厂方有没有采取人本管理？有没有把员工当正常人看待？真是不得而知。

可悲的是，员工们却非常满足现在这样的管理制度，还说我们这些大学生太不懂得满足了。那只能证明他们无知，不懂维护自己的权益。这是一种抑制人心的生活模式。

（二）

夜已经深了，我借助走廊的微光，用托着笔的方式写着，写得很慢，但是想得飞快。

我傻笑，甩动手中的笔，试图用它招揽快乐，但是睡意却阵阵袭来，提醒着我：早点休息，明天要上班！

很久都没有写伤感的文字了，因为打工的日子让我变得麻木，变得压抑。今天写了，只是因为一个人走了太多的路，沉默得太久了。

我竭力用文字捕捉我那尚存的灵感，我怕被麻木的生活淹没，而吐不出一个气泡。

夜更深了。我可以听到自己的喘息声，在这无人醒着的深夜里，我不切实际，我思维混乱。我想有超能力，但是我不是先知。

其实每晚都是这样的深沉，而眼泪却终究没有掉下来。日子和我的眼泪一样干燥，只有在无边无际遐想的空间里，那种暖暖的气氛才让我温存，让我湿润。我挑剔环境，我想让自己过得潇洒。现在发现，再潇洒也不过是走一回而已。

我喜欢走路，痛恨站立，但是多数情况我是漫无目的，因为我徘徊徘徊，却始终发现不了可以让我靠岸的船……

我喜欢时尚，但是厌倦追逐；我讨厌功利，但是已经世俗了。我知道我是矛盾的，我也知道我是平庸的。然而，只有这样的我才能完全存在。

我可能现在正在跌跌撞撞，灰头土脸地走在人生的路上，但是，我不会甘心就这样走完一生，虽然我看透了这个人情冷落、世态炎凉的社会，但我以我的方式去生活，去做人，去追逐自己的梦。

（三）

拿起电话，却不知道该拨什么号码，但最终还是拿起了话筒，拨了那个何时何地都熟悉的电话号码。

我尽量让自己心平气和，尽量让自己心情平静，所有的痛苦都让我一个人来承担吧！我不想让父母过得辛苦。

可是，在话筒里，我听出了他们的无奈与叹息，我的泪无法制止，我看到了镜子里的自己泪流满面，但是我惊讶于自己的声音竟是如此地坚定，没有让电话那头的妈妈听出任何的异样。

　　我不禁哑然失笑，生活，竟把我折磨成这样，我心中所有的痛苦该向谁去述说？我好想对全世界说，我还是个孩子，和许多大学生一样，还是平平淡淡的女生，还需要这个世界包容我，可是你们为什么总是把我放在自立的位置上？可是，我能这样说吗？不能，为什么？其实我根本就不知道为什么。

　　同学们都想早点回去，我知道他们想回家，可是，我去哪里？连我自己都不知道，我更不愿意去面对。

　　我是个流浪者，在每个城市，都只不过是一个匆匆的过客而已。

　　所以，还不如工作，只有繁重的工作才可以让我麻木，忘记痛苦。

　　曾经盼望在大学里无人熟识的情况下做极度颓废的自己，自由的自己。但是，好像命中注定就是这样，不管在哪里，我都被周围的人们放到一个有高度的位置，使我不得不努力去成为他们眼中的优秀，成为他们眼中的那个自己。

　　改变，改变，讨厌为别人生活的自己，只想做回自由快乐的自己。

　　把另一个自我从束缚中解脱出来，放纵。

山那边

挚友如茶

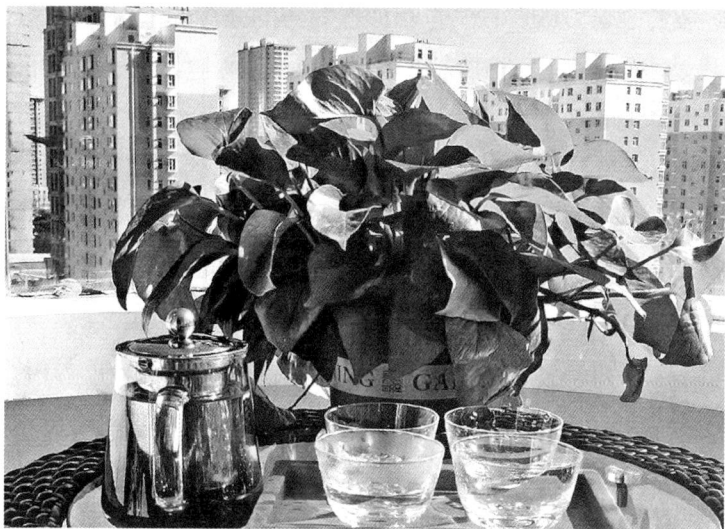

挚友如茶，在与好友的品茶聊天中，我突然有了这种感觉。我喜欢茶的随和与平常，登大雅之堂而不娇淫、入茅棚草舍而无卑贱。

朋友大致分为两种。一种是知己，一种即是过客。

这么多年来交朋友一直秉承宁缺毋滥的宗旨，不求多，而要精。

上大学的时候，一个宿舍的同学总是行色匆匆，应酬繁多，看起来很热闹。后来才知道，一本电话簿厚得很，数不清的电话号码，真正有心事，却找不到聆听的人。

喧嚷过后是格外的寂静，一个人独品一杯茶，淡雅清香，感受着茶的高雅尊贵。

有人说，男人的友谊像酒一样粗犷豪迈，不修边幅，有时只是一个眼神，没有烦絮的言语。而女人的友谊更像茶，每个女人都有闺中密友，可以常常睡在同一个床头，手拉手、腕挎腕地招摇过市，甜腻地称呼彼此"亲爱的"，甚至可以在对方的面颊印上唇印。

我是幸运的，生命中有很多张温暖的面孔。她们可爱而聪颖，个个牵动人心。

我庆幸自己坐拥一地美好之余，深深感叹命运的眷顾。专制的爱情并未夺走我的友谊，她们是最最熨帖的慰藉。

有些遇见带着难辨的错觉。看似新的温暖，谁知隔层肚皮，自作多情的代价是心寒。也曾因为单纯付出过心痛的代价。

没有赤诚的交往味如嚼蜡，彼此带着假面具，笑也笑得吃力，哭也哭得不痛快，十分疲惫。

突然怀念起校园时代的青葱岁月。大家都是不经事的懵懂少年，常常起纷争，却并非真正为难，像一场场的雷阵雨，大家忘了电闪雷鸣，只记得雨后彩虹的光辉灿烂！

很少有恩怨源于童真年代。岁月流金，友情变得越来越难。人人穿着盔甲，小心轻放，害怕受伤。这感觉其实一点也不好。

成人的世界有这么多尔虞我诈，谨小慎微，每走一步都要左右张望，做足了心的囚徒，何等悲怜？面对现实，我们常常束手无策，举旗投降。

但是，我还是相信友谊，她与爱情不同，但又等同于爱情。我希望，自己一直幸运下去，不管在哪里，都有着美好的友情，有着真挚的友人。朋友可以让我开阔眼界，可以给我带来快乐。我觉得，友谊就像一片久违的希望田野，而我，是好久好久以前那个带着蝴蝶花的小女孩。带着无邪的童真，朝着每个友人灿烂地笑！

不要为我掉眼泪

时间过得太快，让人不知所措，只好望着那要遗忘的曾经发呆，努力回忆着青葱年轮留下的痕迹。看那消逝的岁月在指尖滑过，依然明白，我与青春不只遇见。

（一）

因为什么与他相恋？大概是他的那句话：选择我你也许会幸福。

就因为这一句话，我愿意用心去爱他，因为我太缺少幸福了，我需要幸福。从那一刻起，我开始迷恋他的丝丝扣扣。很莫名，没有原因，只有幸福的感觉从心底暗暗冒出。

那天夜里，我做了个梦。梦里，我只是个微不足道的女孩，在熙熙攘攘的人群中随波逐流，穿着简单的T恤，被人流挤来挤去，眼前一片白茫茫。这时，他在背后叫我，叫我的名字。他的声音是低沉的，轻轻的，却直钻进了我的耳膜。我回头看时，他冲着我一脸坏坏的笑。我浮躁的心立刻沉静下来，遥遥地相望，心头竟然也划过浓烈的感动。

醒来时，眼睛是红的，枕头却是湿的，胸口奇怪地有些发闷。我一直觉得我是遗落在这个世界的流浪者，从十几岁开始，就远在他乡，一个人流浪。直到晚熟的年龄，才开始等一个人来呼唤我，等一个人来望着我。

（二）

那晚，我在网上游荡着等他，然后他来了。很忙的他只聊了几句就下线了。于是，我一个人听着音乐看着韩剧，很是落寞，又不敢发短信去打扰他。

后来他打来电话，我坐在阳台上，缩起腿，握着电话，看着灯光明亮的马路，和他喋喋不休。想很认真地聊些什么，怕他嫌我闷，只好讲些无聊的碎语，又怕他嫌我没思想。尽管矛盾始终在我脑海里斗争着，但就是不想放下听筒，只想继续听他的声音。

慵懒无趣而闲适的日子，我很用心地给他发去一封封e-mail，倾注了我很多的情感，没有遮拦地，一点一滴，一丝一扣。一种很奇怪的力量，让我在敲击键盘的时候，丝毫不用组织语言，只是任凭指尖飞舞，冥冥中似乎就要流淌着关于我们的文字。

（三）

我总在彷徨中痛苦地前进，也许这就是我的宿命，尽管我不相信宿命。

曾经以为自己是坚强的，眼泪不会轻易落下，可就在他企图转身的时候，我却仓皇地控制不住了。我伤心了，他看上去像块坚硬的石头。我却不知道他在想些什么，也许他真的是在挣扎着，犹豫着，一切就这样发生着变化，但我总是找出一万个理由来为他辩护，所以一次次地原谅，谅解了他的谎言。是不是激情褪去之后，人都会怅然地跌入冷静的思考？不知为何，感觉近来的他对我开始冷淡，打电话给他，他说他真的很忙。

那天，他失约了，说好在我离开那个城市之时他会打电话给我，可等我离开那个城市进入另一个城市，都没有等来他的电话。天一点一点地暗了下来，我的心一点一点地沉了下去。我躺在卧铺上，撕扯着头发，额头抵着双手，眼泪肆无忌惮。通常，这是绝望的表现。我不明白，想不通，这个世界到底在告诉我什么？

烦闷间，打电话给好友，好友说："傻瓜啊！你别做梦了，你和他是两个世界的人，他需要的是一个门当户对可以和他结婚的女人，可是，这些你能给吗？"

顿时，我无语。是啊！我们的爱情就像飞鸟与鱼的爱情。他是鱼，而我是飞鸟。飞鸟爱了鱼，蓝蓝的天，蓝蓝的海，难为了你，也难为了我。天地间回响着飞鸟对鱼凄美绝伦的呼唤，可是鱼并不知道。有人说，其实鱼也很伤心，只是你看不见鱼在落泪。

不要为我掉眼泪

237···

（四）

　　我为什么需要爱情？找一个人作为依靠，找一个人去付出。仅仅是这样吗？也许在外漂泊得太久了，久得让我身心疲倦。

　　可是，当时间飞了，仿佛一切都回到了原点。很快我就发现一切不过是过眼云烟。当初的憧憬似乎已变成逝去的美梦。

　　我一直在残缺。那么，完美是不是真正可笑？人，真的是太复杂的动物，或许，我是人中最复杂的动物。真的好累，无休止地想这些没有答案的问题。

　　独自闲逛，街边却传来范玮琪的《因为》，很感动。"因为想一个人而寂寞，因为爱一个人而温柔……"我原本以为刻骨铭心的都是好事。是啊！现在才发现，多么幼稚的想法。我这个人啊！有时候把自己看得太重，有时候又把自己看得太轻。我不知道如何给自己定位。

　　在别人面前总是强颜欢笑，让别人感觉自己很坚强。我也试着改变自己，让自己乐观起来，可是一个人静下来的时候，我就好想哭。写到这里，我强忍住眼泪让自己笑。于是，笑着，笑着，却还是笑出了泪花。

　　美好泪亦甜，

　　无奈泪亦酸。

　　伤心泪流干，

　　快乐泪存满。

　　微风吹过，吹过我的心，请不要为我掉眼泪……

山那边

拿起笔，我似拥有全世界

拿起笔，我是自由的。

拿起笔，重新书写我的人生。

拿起笔，感受属于自己的小幸福。

我喜欢文字，喜欢文字带给我的自信，喜欢文字带给我的那种旁人无法体会的意境，喜欢文字让我尽情地描写自己的人生。我对自己写出的每一个字都很有感情，写着写着笑了，写着写着哭了，这便是我一个人的乐趣与兴致。我并没有觉得自己的文采有多出众，只是，我对周围的事物都有一种充满激情的冲动，希望把这个

239···

异彩纷呈的世界，以自己独一无二的笔记录下来，呈现给大家。每当这时，我都有种幸福感，这种幸福感让我不想入睡，因为我想将这种幸福延续。

我喜欢清新唯美的文笔，更喜欢带着暖暖调子的文字，我喜欢沉浸在自己突发的灵感里，与灵感里的人物融为一体，去感受他们的喜怒哀乐，继而，一种想改写他们命运的欲望便油然而生。每当写完一篇文章，我就像经历了一部四十集的电视连续剧。那时的我，就像从一个世界回到了另一个世界。

拿起笔来，似乎这个世界就是我的。一提笔，我就忘掉一切。我所拥有的知识，我对世界的认识，是凭着我自己对于世界的认知，写出我自己的东西。拿起笔来，我便不再犹豫。收起笔来，回到现实，我依然是那个为了生存而拼尽全力的女子。

人生百味，离合悲欢，苦笑泪水，都是其中的经历。现实中，又有谁活得顺风顺水？

拿起笔，让世界静一点。

拿起笔，抒写我的小心情。

拿起笔，我便拥有了一方净土。

山那边

迟来的感悟——生命诚可贵

生命是一次偶然，生命是一次奇迹。生命是如此的脆弱，生命又是如此的顽强。所有的一切也许就在某一瞬间告别了。

近日，国内极限高空挑战第一人咏宁失手坠楼身亡的新闻引发无数网友的关注。据悉，极限咏宁是一个苦命的孩子，据说极限咏宁为了给自己的妈妈治病才选择从事极限运动。

从我个人来讲，对于那些极限运动的挑战者，真的很佩服他们，这种挑战不是我们这些普通人可以做到的，想必这也是生命的精彩之处，所以才会有那么多人前仆后继地进行挑战。他们真的让人佩服，不管成功不成功，就单单敢于挑战的勇气，就让人们瞬间敬畏。

之前，只是看他们挑战成功后的风光和酷酷的身姿。今天才专门了解了极限运动的含义。极限运动，是少数人想要超越自我极限，挑战运动极限的行为，很刺激也很危险，"极限—咏宁"就是其中的一位，只不过他是网红，更受关注。

咏宁的失手网上评论很多，说什么的都有。有惋惜的，有批判极限运动的，有呼喊珍惜生命的。我也和他们一样情绪复杂，我没有觉得哪种评论是错误的，我仅仅就是痛惜这样一位年轻人，这样一位人们眼中的民间高手，就这样在那一天消失在我们的视线，再也没有他的任何消息，似乎这个世界已经遗忘了他。

我仅仅就是感觉生命短暂，记得珍惜自己的生命，珍惜身边的人和身边的事。因为人真的不知道自己的明天会是什么样。所以一定要认真地生活，认真地做好今天的自己。做一个真的能对得起自己，对得起别人，对得起社会，对得起生命的人。在生命面前，金钱、地位、所有的一切，都不重要了。

山那边

一曲轻音乐，让我的心静下来

　　由于这个行业的工作规律，每晚都加班到很晚，所以早上自然会起得晚。其实我一直是一个喜欢早起的人，喜欢清晨那清新的空气给我带来的那种心旷神怡的感觉，喜欢一个人在小区附近小跑一圈，让全身暖起来，那种感觉真的是很久没有了。

　　今天我竟然异常地六点就醒了，心血来潮，只想体会一下清晨空气带给我不一样的感觉。于是，起床，洗漱，打开电脑放一曲班得瑞的轻音乐。一曲听下来，突然灵感四起，此刻这种感觉无法用语言来形容，只能用文字来表达，已经很久很久都没有这种体

243···

会了。

一曲轻音乐，洗刷了我内心的多少浮躁？不知道为什么，最近心态总是不平衡，心更是不能静下来。生活中，总是很忙乱——工作压力，生活压力，几乎让我喘不过气来，我是多久没有这么心静过了？每天繁重的工作让我的心变得开始浮躁、急躁。

而今天，我坐在办公桌前，打开电脑，品一杯清茶，并没有开始这一天繁忙的工作，而是选择放空自己，让我的心在这一刻静下来。

望着窗外，托着腮，对着晨光发呆，时光里流淌着班得瑞的纯音乐《早晨的空气》，音符慢慢地飘向窗外，飘向美丽的远方。此刻，我的心情也不需要任何的修饰和妆点，素素的才是自然。

每个人都会有一些心事，一些伤感，也会对着时光发呆。发呆的时候，宁愿这个世界就是一张白纸，让自己轻轻地走过，不留下一丝痕迹，任岁月流转，任时光流逝，只有自己的世界一片安宁、肃静。其实，不是自己不在意，而是在想如何改变自己的现状。

这个时候，我不需要谁来支配我的时间，也不需要谁来支配我的肢体，我的一切属于我自己。我不去想任何事情，大脑不再疯狂运转，墙上钟表指针的旋转我也视而不见了，哪怕只是几秒的空白容我挥霍。但是此刻，我似乎是自由的，是忘我的，是超然的。

喜欢这样的清晨，一首淡淡的音乐，一杯淡淡的清茶。因为淡淡之中才能品出它余味的清香。将一个人，就一个人，静静地把自己融化在袅袅的清香和悠扬的音乐之中，把自己的所有烦恼在这一刻忘掉。

山那边

茶与心情

茶有千千种，每个人都有自己喜欢的几种。

有人喜茶，从中体会到不同的滋味，苦、涩、香杂味纷呈，总有一味适合你；有人厌茶，却喜附庸风雅，每每端着苦咖啡津津乐道，忍着窘态强装享受，其实是浪费资源，并不懂其中的乐趣。

我喜欢茶，哪怕是只放数片茶叶的淡茶。闻到水中漂着的淡淡的香，或清澈，或郁香，或暧昧，总是让我陶醉于这样的味道。清澈的是绿茶，我所喝过的不过是普通的龙井、毛尖罢了，其实我也喝不出龙井与毛尖的区别，而喝它，只是因为贪恋那片片绿色中所蕴含的生命的味道吧?

茶水是很清的那种,几片叶子舒展在杯底,凑近了,便可闻到难得的清香。那香味,总是让我沉迷其中。我想,不论什么好茶,如果像我这种习惯只放五六片叶子,怕是喝不出什么区别。而我所要的,也只不过是清香的意境而已。

乌龙茶,我只喝过铁观音。即便只放五六片叶子,它的味道也要比绿茶来得浓郁,而少了那份清。

而花茶的暧昧,更让你迷恋。曾赶时尚,买了玫瑰花来喝,本来深紫红色的花,被沸水一冲,颜色先褪去了大半,多泡几次,花色便成了惨白的那种。茶水喝在口中,有几分润滑,几分花香,而香味来得不够清爽,却有种暧昧的感觉。大概是因为它是玫瑰吧!

我以为,茶是应该宁静淡泊的。近日我在图书馆看到林清玄在《伤心渡口》中提到了茶,他喝过很多的茶(当然不像我这样,只是放五六片叶子),于是他便有了茶在冲泡几次中不同回味的体会,"喝到苦处,才逐渐清凉。"原来,我所以为的清澈淡泊,只不过是因为我要逃避那许多茶叶一起冲泡中所呈现的生命之重的苦涩。不尝苦,又怎会体会清澈呢?

可是,转念一想,小时候父亲冲泡的浓茶,我也有喝过,苦去后的清,我尝过,却与只放五六片叶子新泡出的茶的清香有着很大的区别,前者是淡,后者是澈。我更爱后者。

结论呢,我想是没有结论的。只是在不同的年龄有不同的体会。喝茶,喝的只是心情与阅历。

人生如茶,茶如人生。很多时候你错过了的光阴,不会重来。但是,无论任何年龄、阶段,也无论学识、处境,一旦觉醒、把握,你的人生必会如茶般飘香。

等一分钟

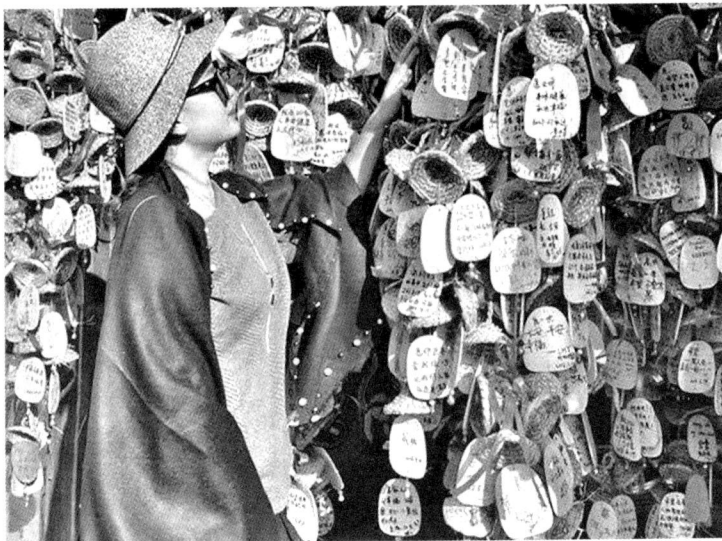

如果时间

忘记了转

忘了带走什么

你会不会

至今停在

说爱我的那天

然后在世界的一个角

有了一个我们的家

你说我的胸膛

会让你 感到暖

如果生命

没有遗憾

没有波澜

你会不会

永远没有

说再见的一天

可能年少的心太柔软

经不起风 经不起浪

若今天的我能回到昨天

我会向自己妥协

……

这是徐誉滕的《等一分钟》，可是我却喜欢网红花姐版的《等一分钟》，心情不好的时候，加班很晚的时候，需要灵感构思文章的时候，花姐版的《等一分钟》便是我必听的歌曲，而且可以一整晚单曲循环。

连续几天的出差让我身心疲倦，终于回到了属于自己的那个角落，再一次听花姐版的《等一分钟》，今晚的感觉却是另一番滋味，让我的思绪飞得很远很远。

等待恨时长，相见恨时短。

失眠总漫长，好梦总不长。

痛苦总难熬，快乐轻松过。

山那边

一分钟，等一分钟，如果时间可以倒流，我想大部分人都会选择等一分钟。因为太多的一分钟我们没有把握，没有等待。让我们失利于高考，失去了初恋，失去了最爱的人，失去了工作，失去了事业……

的确，时间不会因为任何人而停留，我更无法改变那些事实。人们说，伤心的人是不会流眼泪的，这句抒情的话，没想到在我身上验证了，我想给这句话补充一句，因为真正伤心的人泪都流在了心里。有些人也许一辈子也感悟不出这句话的真谛。

一分钟很长，一分钟很短。

其实，无论是痛苦，还是快乐，我们都要前行，何不笑着来过。摒弃那些心灵的负累，轻装上阵，过好每一分钟，人生的这段路才能轻松惬意。

等一分钟

你的善良，终将会成就你

在这个复杂的世界上，我们每个人都有各自生活的不容易，我只想祝愿每份心酸都有人心疼，所有人都能被温柔地相待。

善良，是人性中所蕴藏的一种最柔软、最有力量的情怀。与人为善，便是与己为善。在富有爱心的人的眼中，善良却是人性中的至纯至美，一切伪善、冷酷、麻木，在它面前都会退避三舍，任何顽固的丑恶，都只能在阴暗角落里对善良咬牙切齿。善良，它是酷热中一股清凉的风，它是严寒里一团温暖的火，它是青黄不接时别人悄然送来的一担粮食，它是久旱不雨从天而降的甘霖，它是你负

山那边

重上坡时后背的推手，它是你快坠落悬崖时伸过来的一条缆绳，它是你穷困潦倒时没有署名的一张汇款，它是你富甲一方时的一句忠告，它是你失意时几句真诚的安慰，它是你得意时一串逆耳的话语……甚至，它只是一个真诚的淡淡的微笑。我心中的善良，就像雪山脚下的涓涓细流，每一滴都是圣洁纯净的雪水的聚合体。汇集成溪的善良之水，一路欢歌，荡涤着沿途的污浊、腐朽、风尘，理直气壮地汇入人生的江河大海。

面对一件糟糕的事情，有人会因为自己的诚实、善良、勇于承担责任，获得他人的赞许与敬佩，也有人，会因为胆小、怯懦而逃避责任，失去了原本属于自己的机会。

一颗善心，胜似宇庙。善良绝不是一件可有可无的华丽的衣裳，而是人人灵魂之盒中必须镶嵌的一颗钻石，在每一个时刻都能熠熠生光。雨果说得好："善良是历史中稀有的珍珠，善良的人几乎优于伟大的人。"美国作家马克·吐温称善良是一种世界通用的语言，它可以使盲人"看到"、使聋人"听到"。善良的心，像真金一样闪光，像甘露一样纯洁、晶莹。善良的心胸是博大、宽宏的，能包容宇宙万物，造福于人类苍生。行善而不求回报的人经常能够得到意料之外的回馈，这是因果轮回的自然规律。善良之人经常造福于他人，实质上也是造福于自己。"帮助别人，就是帮助自己。"这句话绝不只是简单的因果报应，而是做人的根本。

我们经常会看到这样的新闻：老人摔倒却无人搀扶，撞人的司机匆匆逃逸……

如今，当看到有人落入险境，我们不再是立刻挺身而出，而是在脑海里思忖：这一定是个骗局，多一事不如少一事。

其实拯救或葬送一条生命，就在一念之间。倘若每个人都能用善心浇灌世界，悲剧，便不会发生。

让善良与生命同在，生命中有了善良，人生才能经常充满喜悦；生命中有了善良，人生才能幸福常在；生命中有了善良，灵魂才能不断地升华。善良是生命中的黄金，善良是人性中最为宝贵的生命之光。能够知道别人的痛苦，自己就有良心。知道自己有痛苦，就会有善心的存在；看到别人和自己有痛苦，就会生出慈悲心！

常言道：人生最重要的不是得不到和已失去，而是珍惜所拥有的。

当我们懂得了珍惜，拥有了善良，那么，我们就能给自己的心灵寻到一份温暖，找到一方晴空。

趁善良未远，把它找回吧。因为吉人自有天相，你的善良，最终受益的是自己。

山那边

那些年，
我独自品过的红酒

    早已厌倦觥筹交错里的暗藏杀机，淡远了昏昏红灯中的逢场作戏，那些饮于灯红酒绿处，醉在浪荡人世间的嘈杂与浮华渐渐成为记忆中的过往。但是在所有的酒中，我却独爱红酒。不是我矫情，更不是我渲染，而是我亲身感受了红酒的魅力，让我不知不觉迷上它的魅力。

    不知道从什么时候开始，每晚一杯，一坚持就是四五年。它给我的感觉，确切地说，无法用语言表达。对于经常失眠的我来说，每晚一杯红酒，让我能在深夜的任何时候都睡得踏实；对于经常喜欢用文字表达生活的我来说，喝一杯红酒，让我的灵感能尽情迸发；对于经常熬夜的我来说，每晚一杯红酒，能让我的容颜维持这个年龄应有的光泽，我真的很满足。

对于红酒，我有自己独特的理解。它不同于白酒、啤酒。它除了交际应酬以外，更有一种独特的情调。我一直觉得女人手中的一杯淡淡红酒，能给她增添一种无法形容的气质和韵味。如果你无法驾驭XO、人头马、轩尼诗等，完全可以品我们中国本土的张裕干红等。

我认为，喝红酒，是要在夜里，当月凉如水，清风绕梁，独自蜷伏在室内一隅，端起酒杯，看透明的液体缓缓地从杯底流到杯壁，再缓缓地含在口中，仿佛穿越一个世纪那么绵长而悠远。这种纯粮酿制的精品，充溢着岁月留下的光影，使人沉迷，使人陶醉……

喝红酒的女人如现在直播App里最流行的歌曲《我们不一样》所唱的那样："我们不一样，每个人都有不同的境遇……"她手握一只精致的波希米亚水晶酒杯，身着一袭深蓝色长裙，轻盈的身影，在地板上赤足走着，纤细的脚踝一步一步靠近你，是一种洗却铅华后的芳香，在慵懒的脚步中轻轻触摸，舒适自在流遍全身。这样的美丽，是夜色中一道婉约的风景。请问，谁舍得去打搅这样一个气质非凡的女子？

这么多年的坎坎坷坷一个人扛了过来，很多时候是一杯红酒陪我度过漫漫长夜。慢慢地觉得独自喝红酒的女人其实就像一首岁月沉淀下的老歌，沉静，恬淡，优美而醇厚。眉宇之间透着千帆过尽之后的淡淡孤独和波澜不惊的含蓄感伤。她们任一颗心徜徉在微醺的醉意中，让灵魂得到升华和释放。

独自品酒的女人，其实也是在品味着人生的孤独，虽然往往是寂寞的，却也从骨子里透出一种孤芳自赏的韵致与清高。

"我醉欲眠君且去，明朝有意抱琴来。"红酒的醉更是一种境界，而不像白酒、啤酒是一种生理的醉酒，难受，呕吐，神志不清……

一个懂得品味红酒滋味的女人，是懂得品味生活的。她的优雅与高贵，韵味与魅力，在握着酒杯的姿态中，在品味红酒的过程中展露无遗。在清凉的琼浆玉露缓缓入喉的瞬间，就注定了这样的美丽，是夜色中一道婉约的风景。

不管时空如何交错，我的脑海中，时时会想起你，陪我度过无数漫漫长夜的每一杯红酒，还有那一只曾经陪我度过无数个长夜的波希米亚酒杯……

幕后，低调的代名词

山那边

　　出头露面的人是有福的。知道世人一定在瞧着他必须完成的事业，他从始到终干得挺有劲儿。然而这样的人更值得人尊敬，他们默默无闻地躲在暗地里，在漫长的辛苦的日子里无报酬地劳动，得不到光荣也得不到表扬。

　　低调是一种境界、一种力量、一种智慧。

　　低调不代表个性呆板，不是沉默寡言，不是没魄力，更不是平庸，其实低调也是一种张扬，而且是另一种不为人知的张扬。在万千的人群中，遇到低调的人，恍若在幽静的巷子里，听到一段动心的天籁，在苍凉的荒漠绝地，欣遇一脉淙淙的泉流。

那是一种言说不尽的愉悦和舒爽。赏心只有三两枝。低调的人虽寥寥，却是这个世界一道难得的风景，养眼，怡耳，悦心。也只有在低调者的身上，你才能在喧嚣的尘世里，寻觅到一丝清雅的内敛，一点高贵的平和，一份优美的沉静。

低调的人，举千钧若捏一羽，拥万物若携微毫，怀天下若捧一芥，思无邪，意无狂，行无躁，眉波不涌，吐纳恒常。

故意做出来的，不是低调，是低姿态；矫情装出来的，也不是低调，是委曲求全。真正的低调，是内在心性的真实呈现。无论处闾巷还是居庙堂，绝不改变；无论逍遥于腾达抑或困顿于落魄，绝不动摇。

低调的底色是谦逊，而谦逊源于通透。在低调的人看来，人生是没有什么值得炫耀，也没有什么可以一辈子仗恃的，唯有平和，平淡，平静，才能抵达生命的至美之境。于是，他们放低自己，与这个世界恬淡地交流。

张扬与张狂，到头来不过是一场浮华的热闹。当绚丽散去，当喧嚣沉寂，生命要迎接的，是落落寡合，是形影相吊，是门前冷落，是登高必定跌重的惨淡，是树倒猢狲散的冷清，是说不尽的凄婉和苍凉。

真正有大智慧和大才华的人，必定是低调的人。才华和智慧像悬在精神深处的皎洁明月，早已照彻了他们的心性。他们行走在尘世间，眼神是慈祥的，脸色是和蔼的，腰身是谦恭的，心底是平和的，灵魂是宁静的。正所谓，大智慧大智若愚，大才华朴实无华。

低调，不浓，不烈，不急，不躁，不悲，不喜，不争，不浮，是低到尘埃里的素颜，是高擎灵魂飞翔的风骨。低调的人，一辈子像喝茶，水是沸的，心是静的。

茶罢，一敛裾，绝尘而去。只留下，大地上让人欣赏不已的优雅背影。

心安，便是活着的最美好状态

　　六月，合着美丽的时机，载着夏日的阳光，迎着清新的雨露，寻着自然的脚步，闻着泥土的芬芳，望着丰收的喜悦。六月是多么美妙！

　　偶然间来到离住所不算远的机场附近的一个小村庄，盛夏的烈日笼罩着这一片闹中取静与村子，周围都是附近农户的田地，空气中弥漫着城市外的一种安详与宁静。喜欢我文字的人大概都能了解到，我是一个怕冷不怕热的人。所以今天这样的天气最适合我不过了。天空湛蓝湛蓝，甚至能数得清天空飘着几朵云，正逢中午，太阳直射下来，一般人一定受不了这样的天气，而我，却感到一种莫名的惬意。

宁静的小村庄，安详地依偎在机场的身旁，到处是一派草色青青的原野风貌，宛如一条缓缓流淌的清澈小河，自然生息。好久没有目睹如此佳境了，一时兴起，拿手机记录了几张在我的视角大自然的美好瞬间。眼前的田野绿意葱茏，那一抹抹鲜艳的色彩宛如一幅幅丹青刺绣，明丽动人。远远地看着一架架飞机从机场跑道冲出来，在我的头顶直冲云霄，能想象出飞机上就坐着我们曾经熟悉的陌生人，不禁一度陷入深深的沉思。

还记得家门前有一棵槐树，是我出生那年，母亲栽上的，整个童年就是在用这棵树量我身高的过程中度过的。儿时的夏天，蝉声呜呜，树上浓绿的叶子渲染着童年的活力，闷热的空气中却总是会有一股清凉，那时的自己，喜欢跟小朋友在树下阴凉地、房屋墙影下玩耍，槐花的香气充满儿时的记忆。

以前有太多的期盼，后来渐渐地明白了，原来一切只是自己的瞎想，生活终归是生活，你没有太多的精力去维持一件不知道结果的事，这么多年一个人来来回回地穿梭在各个城市之间，不知道自己在等待什么，又得到了什么。但是始终坚信自己选择的路跪着也要把它走完，始终坚信自己的执着一定会有回报。

也许是因为心中的那个梦，那个梦让我奋不顾身地去追求，去奋斗！就这样，虽然在迷茫中辗转了很久很久，但是梦想却越来越近。

现在的自己，成熟了很多，淡然了很多，对于生活，不再期待，不再假想，不再强求，顺其自然。如果注定，便一定会发生。心安，便是活着的最好状态。

心安，便是活着的最美好状态

259···

请使劲儿活着

据中国地震台网正式测定，2017年8月8日21时19分，在四川阿坝州九寨沟县发生7.0级地震，震源深度20千米，震中位于北纬33.20度，东经103.82度。13人死亡，175人受伤。心疼四川，愿再无伤亡！

你们还好吗？有没有在九寨沟附近？

如果在的话，你们联系上家人了吗？安全了吗？

或者你们有朋友亲人在震区吗？联系上了吗？

如果你们的朋友或者亲人在震区，也可以给我们留言。

山那边

我们虽然力量微小，也希望尽一份绵薄之力。

我们永远都不知道下一秒会发生什么，意外和明天到底哪一个先到来，谁也不会提前知道答案。那就趁活着的时候好好生活，按照自己的心意去活。跟身边的人彼此珍惜，关心在意爱自己和自己爱的人，毕竟世间最脆弱的莫过于生命。

请对父母好点。如果有那么一天，生你养你的两个人都走了，这世间就再也没有任何人会毫不保留地真心真意地疼爱你。没事的时候常回家看看，看看父母，看看你从小生活的地方，他们只需要你们回家而已，别让父母眼睛望穿了，却还是看不到你们。

请珍惜身边的朋友。在未可预知的重逢里，我们以为总会重逢，总会有缘再会，总以为有机会说一声对不起，却从没想过每一次挥手道别，都可能是诀别；每一声叹息，都可能是人间最后的一声叹息。

请对爱人好点。茫茫人海中，能相遇相知就已是天赐的良缘。对爱人好点，好好经营你们的感情，千万别让细节打败了爱情，别以为所有人都会在原地等你。也许你一个转身，曾经相拥的人，就真的成为陌路了。

我们这一生，能健健康康地活着已然是最幸福的事了，好好享受每天清早睁开眼睛就可以看到的阳光，那是普照万物的温暖，驱走了我们内心的寒冷，让我们变得更加坚强。不要因为我们一味地计划着远足，去寻找彼岸的风景，却忽视了身边的美丽。

我也许是幸运的吧！这些年错过了飞着飞着就不见的航班，躲过了突然就失控狂奔的车辆，避开了凌晨因为地震崩塌的城市，擦肩而过了突如其来的大洪水。上天对我不薄，我感恩生命，但明天和意外不知谁先来，接下来的日子里，我们能做的就是使劲儿

活着。

　　四川的地震让我再一次感觉到在大自然的面前，人类总是显得无比地渺小。我们永远不知道，明天和意外，哪个会先来。在意外到来之前，我们总是在为一些鸡毛蒜皮的事烦恼，总是计算着付出，计较着得失，好像什么都要抓住，所有事情都不可原谅，不肯退让。但只有当意外发生，一下子把我们逼到真正孤立无援的境地，我们才在灾难面前明白，什么才是最重要的，才看清楚谁才是自己真正在乎、放不下的人。

　　如果没有未来，明日就是末日，此刻的你，首先想起的是谁？有没有那么一个人，他的号码，早就烂熟于心，你却迟迟提不起勇气按下拨号键联系？如果有，请一定一定不要犹豫，因为你不知道，这会不会是最后联系他的机会。

山那边

这一年，
我渐渐活成了自己喜欢的样子

时光流逝飞快，又到年末。

想起去年最后一天，也是这样一个天气。每天早上六点起床，上班的路上，冷冷清清，行人稀少。天空中飘着雪花，雾很大，能见度不足十米。

我经常会独自一个人站在雪地里，望着那渐渐走远、不再回头、消失到雾里直到看不见的身影，暗自下了一个决心：新的一年，我要活成自己喜欢的样子。

同学聚会上，似乎每个人都有一段不愿提及的过往，说着说着，我们竟泪流满面。剩下的只有眼泪与酒同入喉，酒精的暂时麻醉让我们都忘记了残酷的现实和白天劳碌的身体。

快乐都雷同，悲伤却是千万种。

生活还要继续，没有什么过不去的坎儿。好的坏的，都是人生的一笔财富。

还记得大家最后都说，新的一年一定要活成自己想要的样子。

而我的2017，没有轰轰烈烈，也没有光芒万丈，但我却开始了自己真正的创业。说起创业，对于我来说，这不是个陌生的字眼，从大学开始我就一直走在创业的路上，酸甜苦辣，其实只有自己知道，有成功有失败。但是这一次，让我自己欣慰的是，我终于从事了自己真正喜欢的事业，把爱好融入事业，事业便不再是压力。于是，带着美好的心情开始了漫漫创业路。这一年，我正在努力活成自己想要的样子。

我和别人不一样，有时候是圈子里的话痨，有时候却喜欢自己一个人躲在角落里写一些自己喜欢的东西，以此来取悦我寂寞的灵魂。

后来，现实的生活，冷落的人情，让我一度陷入迷茫。迷茫的时候我问了一个行业里的"大咖"："你迷茫的时候会干吗？"

她告诉我："做自己喜欢做的事情啊，比如说，我喜欢吉他，我就努力地练，大好时光怎么舍得荒废。"

这句话震醒了我。看着娴静优雅从容不迫的"大咖"，我狠狠嘲笑了一下自己。嘲笑自己的渺小，嘲笑自己失去了迎难而上的勇气。

还记得辞职后自己做华百网这个平台的时候，虽然知道会遇到很多自己无法预料的困难，但是没有办法，谁让自己喜欢这个行业

山那边

呢？身边人有支持有反对的，我这个人最大的个性就是不太会受外界环境的影响，我会静下来剖析各种自我对话，然后我会听从内心的声音。自己想要的到底是什么？然后决定了就会一条路走到底。此时恰好遇到一拍即合的搭档，也就是我现在的合伙人。我们在各自擅长的领域里拼搏。刚开始一个人当作两个人用，大量的没有收益的工作只有我们两个人来完成，十二点之前睡觉的感觉很久没有体会了。写稿子、转新闻、更网站、整合资源、跑客户、签单子，几乎都是我们两个人完成。但是，我总是忙得不亦乐乎。内心过得很充实，忙里偷闲，憧憬着公司的未来。

渐渐地我们有了一批属于自己的粉丝，得到了同行的赞同和支持，更是得到了客户的认可和肯定，也开始有了属于我们自己的团队。这些小小的进步让我对未来更加充满信心，充满希望！

时间过得很快，不知不觉走到了现在。生在北方的我，却在南方读完了大学。忙里偷闲的时候，总会想起街头温婉的江南女子撑伞走过的场景，想起学校旁边邕江边上微凉的夜风，一排排渔船在江上划过，风景确实优美。那时候的我，总喜欢坐在江边的木板上写心情，现在想想真是一种享受。

这一路走来，去过太多的地方，看过不同的风景，遇见过形形色色的人，才明白生活原来可以别样精彩，每个人终将踏上属于自己的路。至于别人怎么看待，便无关紧要了。

如果你真的渴望活成自己喜欢的样子，没有人可以阻拦你。

很幸运，我一直努力着，努力活成自己喜欢的样子！

这一年，我渐渐活成了自己喜欢的样子

图书在版编目（CIP）数据

山那边 / 尚焕焕著．—太原：三晋出版社，2019.12
ISBN 978-7-5457-2033-4（2021.6 重印）

Ⅰ．①山… Ⅱ．①尚… Ⅲ．①散文集—中国—当代
Ⅳ．① I267

中国版本图书馆 CIP 数据核字（2019）第 299473 号

山 那 边

著　　者：尚焕焕
责任编辑：落馥香
出 版 者：山西出版传媒集团
　　　　　三晋出版社（山西古籍出版社有限责任公司）
地　　址：太原市建设南路 21 号
电　　话：0351-4956036（总编室）
　　　　　0351-4922203（印制部）
网　　址：http://www.sjcbs.cn
经 销 者：新华书店
承 印 者：北京兴星伟业印刷有限公司
开　　本：787mm×960mm　1/16
印　　张．17
字　　数：180 千字
版　　次：2019 年 12 月 第 1 版
印　　次：2021 年 6 月 第 2 次印刷
书　　号：ISBN 978-7-5457-2033-4
定　　价：45.00 元

如有印装质量问题，请与本社发行部联系　电话：0351-4922268